그들은 결혼해서
행복하게
잘 살았을까?

그들은 결혼해서 행복하게 잘 살았을까?

린다 블룸 & 찰리 블룸 **지음** | 김옥련 **옮김**

아주 좋은 날

prologue

"그들은 결혼해서 행복하게 아주 잘 살았답니다!"
그들에게 정말로 내내 행복했는지 물어본다면?

사랑하는 연인이나 배우자와 돈독한 관계를 유지해나가기 위해
서는 마음을 활짝 열고 진실 어린 태도로 다가가야 한다. 이때
'사랑하는 사이라면 당연히……'와 같은 사랑에 대한 잘못된 생
각을 바로잡는다면 더 긴밀한 사랑을 이어나갈 수 있다.

이 책을 통해 당신은 그동안 별 의심 없이 받아들였던 사랑에
대한 믿음이 얼마나 잘못된 오해이고 편견이었는지를 깨닫게
될 것이다. 그 속에서 사랑하는 연인이나 아내, 남편과의 관계
에서 더 큰 이해심과 배려심을 발휘하게 되고, 서로에 대한 믿
음과 신뢰감을 회복하게 될 것이다. 물론 갈등과 다툼도 줄어들
것이다.

그동안 무의식적으로 받아들였던 사랑에 대한 잘못된 생각은 우리에게 전혀 도움이 되지 않는다. 그 오해와 편견에서 벗어나지 않으면 사랑하는 사람과 잘못된 틀에 갇혀 원망하고 미워하고 싸우게 된다. 연인이나 배우자와 긴밀한 사랑을 유지하고 싶다면 먼저 잘못된 생각으로부터 자유로워져야 한다. 그래야만 소중한 사람과의 사랑을 지혜롭게 지켜나갈 수 있다. 우리가 흔히 알고 있는 사랑에 대한 진실은 간혹 진실인 것도 있지만, 대체로 진실과 한참 동떨어진 것이 많다.

진실인 양 떠도는 '잘못된 생각'에 끌리는 이유가 몇 가지 있다. 첫째, 그것들을 받아들이면 사회의 보편적 가치관을 공유하는 것 같아 마음이 편안해지기 때문이다. 그러면 주변 사람들과 상황들을 평가할 때 일일이 다 헤아려볼 필요가 없어진다.

이런 편안한 지름길만 택하는 사람들은 세상을 제대로 바라보는 능력을 상실하게 된다. 또한, 삶에 대한 열정이 줄어들고, 자기 판단을 스스로 믿지 못하게 된다. 잘못된 생각을 아무런 의심 없이 받아들이면 자기가 가진 능력을 제대로 발휘할 수 없다는 말이다.

잘못된 생각은 시간이 지날수록 점점 왜곡되는 성질이 있어서 나중에는 본모습을 찾아보기 어려워진다. 사회가 이미 그것을 진실이라고 믿기 때문에 더더욱 그 본질을 볼 수 없게 되는 것이다.

사실 사람들과의 관계 속에서 이런 일이 벌어지면 그 위험성은 더 커진다. 잘못된 생각에 맞춰 행동을 하면 잘못된 방향으로 나아가게 되고, 나중엔 원래 의도했던 목표 지점과 상당히 떨어진 곳에 서 있게 되는 탓이다.

둘째, 잘못된 생각이 정말로 사실처럼 느껴지기 때문이다. 우리는 사랑하는 사람과의 관계에서 실망감과 분노, 무기력감, 죄의식, 적개심 등을 느낄 때 "다 당신 때문이야" 혹은 "내가 부족해서야"라며 한쪽을 탓할 때가 많다. 이것은 사랑에 대한 잘못된 생각에서 비롯된 심리로, 누군가에게 잘못의 책임을 돌리는 것을 당연시 여기는 것이다. 그래서 '당신이나 나, 누구도 잘못하지 않았다'는 생각을 아예 하지 못한다. 이 잘못된 생각이 틀렸다는 것을 깨달아야만 우리의 사고방식이 달라지고 관계도 나아질 수 있다.

그동안 진실이라고 받아들였던 잘못된 생각을 바로잡기 위해서는 먼저 진실이라고 믿어왔던 것들이 전적으로 옳지 않을 수도 있다는 것을 받아들여야 한다. 우리 삶의 기본 토대가 흔들릴 수도 있는 결정이지만 진짜 진실을 밝히겠다는 각오로 과감하게 도전해야 한다. 변화가 두렵다고 자꾸 망설이면 언젠가 우리의 마음이 처참히 무너져 내리는 아픔을 겪게 된다.

진짜라고 받아들이는 것들을 정확한지 따지지도 않고 스리슬쩍 수긍해버리면 중요한 것을 놓칠 수 있다. 특히 사랑에 대한 진실은 남들에게는 참이지만 또 다른 누군가에게는 참이 아닐 수도 있다. 어떤 것이 진실이라고 말하는 사람이 많다는 이유만으로 그것이 반드시 진실이라고 믿어서는 안 된다. 잘못된 생각과 진짜 진실을 구분하는 일은 우리에게 '자유'를 선물해주고, 진실한 사랑을 할 수 있게 도와준다.

지금껏 세상에 대해 품어온 환상들을 얼마나 포기할 수 있느냐에 따라 우리가 감성적으로 성숙한 사람인지 아닌지를 가늠할 수 있다. 그동안 진실이라고 믿어왔던 것들을 점검하고 검토하는 과정에서 우리는 겸허한 태도를 갖게 될 것이다. 지금까지 가지고 살았던 생각이나 믿음을 한발 뒤로 물러서서 바라봐야 하기 때문이다. 이 과정이 절대 쉬운 일이 아닌 만큼 놀라운 경험을 하게 된다. 자유, 열정, 창의성, 지혜, 그리고 사랑하는 사람과의 돈독한 관계를 선물로 받게 되는 것이다. 대신에 우리는 그동안 가지고 있던 환상들만 포기하면 된다.

세상에는 잃어버릴 만한 가치가 있는 것들이 있다. 당신이 믿고 있는 모든 것들이 다 옳다는 환상에서 빨리 깨어나길 바란다.

contents

그들은 결혼해서 행복하게 아주 잘 살았다

누구나 결혼하면 행복하게 잘 살 것이라고 생각하지, 실망 속에서 살게 될 거라고는 생각하지 않는다. 어렸을 때부터 읽어온 너무나도 많은 동화와 이야기가 해피엔딩으로 끝나기 때문이다. 우리는 그런 결말을 지켜보며 두 연인이 역경과 시련을 극복하고, 마침내 한마음으로 영원히 사랑하며 행복하게 잘 살 것이라고 믿는다.

우리 대다수는 누군가 나타나

구원해주길 간절히 바란다. 불안정한 상태에서 벗어나게 해줄 백마 탄 존재가 필요한 것이다. 그래서 연인 사이로 진전되면 이 관계가 서로를 구제하여 앞으로 내내 행복하게 잘 살게 되기를 바란다.

우리는 배우자가 생겼을 때 오랜 바람이 이루어졌다고 여기고, 이제 행복한 삶이 펼쳐질 거라고 생각한다. 우리가 찾아 헤맸던 것이 무엇이든 간에 결혼해서 삶을 함께하게 되었으니 다 해결되었다고 착각하는 것이다. 그것이 안정이든 성취감이든 무조건적인 사랑이든 말이다.

그러나 그 착각은 오래가지 않는다. 가령, 신혼여행이 끝나갈 때쯤에는 처참할 만큼 배우자에게 실망하게 된다. 심한 경우에는 '어쩌면 배우자를 잘못 고른 것이 아닐까?' 하는 의혹을 품기도 한다.

흔히 사람들은 결혼하면 삶의 질이 높아질 것이라고 믿는다. 그렇지 않다면 굳이 결혼할 이유가 없을 것이다. 따라서 결혼생활이 기대감을 충족시키지 못하거나 달갑지 않은 어려움이 생기면 보통 세 가지 중 하나를 생각하게 된다.

1. 나는 결혼에 적합한 유형이 아니다.

2. 나의 배우자는 결혼생활과 맞지 않는 사람이다.

3. 결혼이라는 것 자체가 터무니없는 것이다.

이 세 가지는 결혼이 인생사의 변화와 관계없이 영원히 변치 않는 결말로 정해진 관계라고 가정한다면 모두 충분히 납득할 수 있다.

하지만 이제라도 확실히 알아두자. 결혼을 하나의 명사 또는 일종의 종결된 의미로 이해해선 안 된다. 결혼은 하나의 동사 혹은 현재 진행 중인 과정이다. 우리는 결혼할 때 혼인서약을 통해 더 나은 삶을 위해 서로에게 최선을 다하겠다고 맹세한다. 여러모로 서로에게 헌신하겠다는 합의이다. 우리가 결혼에 거는 희망과 꿈의 성패율은 맹세한 그 헌신을 얼마나 성실하게 잘 실천하려 하느냐의 의지력에 달려 있다.

그렇다면 이렇게 묻고 싶을 것이다. 이혼하는 커플은 왜 이렇게 많은 걸까? 결혼생활이 불행하다는 사람들은 왜 이토록 많을까? 진정으로 돈독한 부부 관계를 유지하는 커플을 찾아보기 힘든 것은 무엇 때문일까?

그 이유는 사람들이 결혼과 신비주의를 연결시켜 환상을 갖고 있기 때문이다. 보통 사람들에게 '그 이후로 내내 행복하게'라는 표현은 이런 뜻으로 해석된다. '두 사람이 서로 사랑한다면 결코 싸워서는 안 된다', '부부로 맺어진 순간부터 영원히 깨가 쏟아지게 살 것이다', '이제 다시는 외롭지 않을 것이다' 등등. 결국 '그 이후로 내내 행복하게'는 결혼에 대한 착각과 환상을 갖게 하는 말인 셈이다.

어떤 인간관계에서나 다툼은 있기 마련이다. 결혼생활도 마찬가지다. 살다 보면 의심이 생길 때도 있고, 외로울 때도 있다. 어떤 일을 저지른 뒤에 후회하고 자책하다가 미안하다고 말하는 경우도 다반사다. 당신과 배우자가 어떤 사람이든 간에 이런 일들은 숱하게 벌어지게 되어 있다.

바로 이런 점들이 우리의 본모습이다. 이 세상에 털어서 먼지 안 나는 사람도 없고 완벽한 관계도 없다. 그 누구도 타인의 삶을 영원히 행복하게 만들어주겠다는 약속을 지키기는 어렵다.

그렇다면 생각을 바꿔보자. 결혼하면 영원히 행복할 것이라는 꿈을 접고, 우리 모두가 완벽하지 않다는 현실을 받아들이는 것이다. 그러면 환상이 깨질 때 느끼는 실망감과 배신감, 슬픔에서 자유로워질 것이다. 현실에 맞는 기대치를 가지면 제대로 된 미래가 우리 앞에 펼쳐지게 된다. 더욱이 서로에게 온전히 마음을 쏟는 배우자가 된다면 더 나은 인생의 결실을 거둘 수 있다.

눈에 씌어 있던 콩깍지를 다 걷어내고 "볼 것, 못 볼 것 다 봐가면서 평생의 반려자로 잘 살아갈 수 있을까?"와 같은 질문은 우리에게 별 도움이 안 된다.

오히려 다음과 같이 질문해보자.

"배우자에게 맞춰주다 보면 나의 신념이나 희망사항을 예전만큼 고수하지 못할 수도 있는데, 이런 부담을 떠안을 용기가 생길까? 지금까지 옳다고 생각했던 것들을 다시 판단해야 할 수도 있는데, 이런 위험을 감수할 마음이 생길까? 배우자에게 이런저런 것들을 해주었으면 하는 바람보다 부부로서 함께하는 앞날에 대해 책임을 지고 싶은 마음이 생길까?"

이런 질문이 가지는 심적 부담을 용기 있게 떠안을 때 우리는 지적질에 능한 재판관이 아니라 더 많이 사랑하는 훌륭한 배우자가 될 수 있다. 흔들리지 않고 한결같이 배우자를 믿으려면 상당한 인내심과 시간과 끈기가 필요하다. 결혼생활을 하다 보면 의기소침해지고 겁나는 일도 생기는데, 이럴 때도 우리는 무던히 견디며 버텨야 한다.

서로의 짝이 된 것만 가지고는 두 마음이 진정으로 합쳐지는 단계에 이르지 못한다. 그 단계까지 가려면 엄청난 노력이 필요하다. 그런 과정이 언제나 행복하기만 한 것도 아니다. 힘든 시련을 견디고 실망과 고통의 시기도 겪어내야 평생 부부의 연을 이어나갈 수 있다. 어려운 고비를 통해 우리는 소중한 가르침을 얻고, 서로의 반려자로 사는 기쁨을 누릴 수 있다.

수천 년 전에 쓰인 중국의 《주역》에 이런 구절이 나온다.

"두 사람이 마음을 함께하면 그 예리함이 쇠도 잘라낸다. 마음을 함께하는 사람의 말은 그 향기가 난초와 같다."

그 옛날에도 맞는 말이었겠지만 지금도 여전히 맞는 말이다.

이혼을 줄이는 2

결혼에 대한 기대치가 너무 높으면 실망도 크다

●◇◇◇◇◇

결혼에 대한 지나친 기대감 때문에 많은 커플들이 스스로 화를 자초한다고 생각하는 사람들이 많다. 그런데 정반대로 결혼에 대한 눈높이가 너무 낮아서 문제가 되는 경우도 많다. 기대치가 낮으면 실망할 일이 별로 없을 것 같지만, 그렇지도 않다.

기대를 적게 하면 예측 범위를 넘어서는 일이 많이 생기지 않는다. 웬만한 일들은 그러려니 여기고 바꾸려는 시도도 하지 않는다. 이런 경우 결혼생활의 발전은 기대하기 어렵다.

기대치를 높일수록 성과를 거둘 확률은 높아지는 법이다. 어떤 목표를 이루어낼 때는 자신이 가진 능력보다 가능하다고 믿는 신념의 힘이 더 크기 때문이다.

1954년 로저 배니스터^{Roger Bannister}가 1,500미터 달리기에서 4분 대의 벽을 깨기 전에는 그 누구도 가능한 일이라고 생각하지 않았다. 그런데 그 후 두 달도 채 안 돼서 16명의 선수들이 기록을 경신했다. 10년 동안 이 대열에 합세한 선수가 몇백 명에 이른다. 불가능하다고 여겼던 일이 기대치를 높였더니 이런 결과를 낳은 것이다.

1972년에 나는 린다와 결혼하면서 일부러 기대치를 낮게 잡았다. 그래야 실망하는 일도 적고, 마음 편히 살 수 있을 것이라는 계산에서였다. 심하게 싸우지 않고 그럭저럭 잘 살면 된다고 생각했고, 그 이상은 욕심내지 않았다.

내가 이런 태도를 취하게 된 것은 주변에서 오랜 시간 잘 살아가는 부부를 보지 못한 탓이 컸다. 당시에 결혼이 매력적으로 보였던 이유는 나의 가정을 꾸려 어린 시절 해보지 못한 경험들을 하고 싶어서였다. 그런데 모순된 것은 내 자신이 한편으로는 이런 일들이 실제로 일어나는 것을 별로 내켜 하지 않았다는 사실이다.

나는 이런 모순에서 벗어나기 위해 적당히 거리를 두는 전략을 세웠다. 그런데 안타깝게도 내 전략은 통하지 않았다. 실망하는 일이 생기고, 적개심과 좌절감까지 맛보게 된 것이다. 이것저것 재면서 아무리 거리를 두어도 또 다른 복병이 나타났다. 프랑스의 철학자 파스칼이 말했듯이 "사람의 마음속엔 이성(理性)이 헤아리지 못하는 나름의 이유들이 존재하는 법"이고, 내 마음도 확실히 그랬던 것 같다. 결국 내 마음은 하고 싶은 말들을 속에 담아두지 못하고 요란하게 터뜨리고 말았다.

내 결혼생활이 와장창 깨질 것 같았던 무렵, 린다와 나는 서로를 향해 불평을 쏟아붓고 있었다. 점점 더 자주 충돌했고, 그 수준은 격해지다 못해 당장이라도 끝장낼 기세였다. 그때부터 나는 린다와 함께하는 시간을 최소한으로 줄이기 시작했다. 그래야 서로 충돌할 일이 줄어들고, 이혼을 피할 수 있다고 생각했다. 나는 썩 괜찮은 방법이라고 생각했지만 린다에게는 통하지 않았다.

당시 나는 린다뿐 아니라 나 자신과도 싸우고 있었다. 부부간에 불만이 가득할 때 대부분이 그렇듯이, 이 상황을 해결한답시고 나는 속마음을 숨기고 가식적으로 살았다. 나는 린다도 그렇게 살게 하려고 애썼다.

린다와 이혼하기 직전에 이르렀을 때 다행히도 나는 한 가지 사실을 깨달았다. 우리 부부가 깨지지 않고 유지되기를 바라는 마음이 서로에게 실망하지 않으려고 애쓰는 마음보다 더 크다는 것을 말이다. 그때부터 상황이 바뀌었고, 결혼생활에 임하는 내 태도가 달라졌다. 25년 전에 일어났던 내 심경의 변화는 지금까지도 영향력을 행사하고 있다. 우리 사이를 완전히 변화시켜 이렇게 잘 살게 하고 있는 것이다.

이 모든 변화는 린다가 이도저도 아닌 상태로 결혼생활을 유지하는 것을 거부한 덕분이다. 나는 어중간하게 건성으로 사는 것을 받아들였고, 나중에는 본격적으로 그렇게 살아가려고 애썼다. 린다는 나와 완전히 다른 사람이었다. 그때 만약 린다가 자기 생각을 분명히 밝히지 않았다면 우리는 지금 한 집에서 살고 있지 않을 것이다.

린다가 우리 부부에 대한 비전을 갖고 있지 않고, 반드시 그 결실을 거두겠다고 고집부리지 않았다면 결혼생활에서 '금메달'을 따지 못했을 것이다.

나는 린다를 통해 제대로 된 결혼생활을 해나가려면 시간과 노력만으로는 안 된다는 것을 깨달았다. 미래에 대한 비전과 용기, 헌신, 굳은 결심이 더 필요했다. 특히 엄청난 인내심이 요구되었다.

나는 이런 미덕들과 거리가 먼 사람이었지만 린다의 도움과 격려를 받으며 서로가 함께하는 삶을 추구하는 사람으로 성장했다.

나는 이제 실망하는 것을 두려워하지 않는다. 실망거리가 생기면 오히려 그 가치를 곱씹어보는 수준에 이르렀다. 그리고 배우자에게 최소한만 기대하자는 방패는 더 이상 필요 없다는 것을 알고 있다.

린다와 나는 편안하고 안락한 관계를 추구하는 동시에 우리 마음은 다른 것에 관심을 둔다는 것을 깨달았다. 말하자면 우리 마음은 열정, 진실됨, 친밀함, 진정으로 살아 있다는 느낌, 기쁨 같은 것에 의미를 둔다. 우리는 인생 계획을 세울 때 마음이 원하는 것들을 그 안에 포함시키고, 현실에서 이루어내려고 노력한다. 그런데 그것들을 이루어내지 못하면 아무리 안정되고 높은 지위에 오르고 경제적으로 성공하더라도 마음속에서는 부족하다고 느끼게 된다.

인생은 크루즈 여행이 아니다. 배를 자동항법장치에 맡기고 최소한으로만 신경 쓰면서 최상의 크루즈 여행을 하겠다는 것은 환상 속에서나 가능하다. 현실에서는 어림도 없는 일이다. 부부간에는 자신이 진실로 바라는 것이 무엇인지, 두려워하는 것과 애타게 동경하는 것은 무엇인지, 어떻게 하면 열정적으로 살아갈 수 있을 것인지에 대해 툭 터놓고 얘기하는 습관이 필요하다.

스티븐 레빈은 결혼을 "가장 위험한 스포츠"라고 말했다. 심약한 마음으로는 어림도 없기 때문이다. 결혼은 마치 길과 같다. 우리가 길 건너편에 있는 사람의 마음을 사서 결혼하기까지 녹록지 않은 과정을 밟아왔듯이, 앞으로의 길도 절대 만만치 않다.

나는 아내의 도움으로 이 결혼이라는 길이 대단한 성취감과 크나큰 기쁨, 어마어마한 가능성으로 이어져 있다는 것을 깨달았다. 이 길은 우리에게 정신 똑바로 차리고 진정 원하는 것이 무엇인지 알아보라고 채근한다. 또한, 성취하기 위해 노력하는 과정에서 다른 사람들도 동참하도록 유도하라고 신호를 보낸다. 그래야 우리가 절실히 원하는 것을 이룰 수 있고, 우리의 본모습을 현실 속에 담아낼 수 있기 때문이다.

기대치가 낮으면 '그럼 그렇지' 하는 말로 스스로 합리화시키고 포기하게 된다. 따라서 기대치를 높이고 마음을 단단히 먹은 후에 온 정성을 쏟아야 한다. 그렇게 배우자와 돈독한 관계를 쌓아가다 보면 그동안 품고 있던 두려움이나 근심, 걱정들을 날려버릴 수 있다. 놀라운 점은 거기서 멈추지 않는다는 것이다. 예전에 당신이 무엇을 상상했든, 그 상상을 훌쩍 뛰어넘는 대단한 일들을 배우자와 함께 해내게 될 것이다.

서로
다툰다는 것은
천생연분이
아니라는
증거다

●◇◇◇◇◇◇

신혼이 끝나는 때는 언제일까? 내가 선택한 배우자가 여태껏 꿈꿔왔던 사람이 아니라는 걸 처음 깨닫는 때일까? 배우자가 낙천적인 사람인 건 분명하지만 가끔 공연히 화를 내거나 기분이 울적해진다는 것을 깨닫는 때일까?

당신은 배우자와 언제 처음 싸웠는지 기억하는가? 배우자를 선택할 때 신중을 기했지만 잘못 고른 것 같다고 고민한 적이 있는가? 배우자에게 분노나 좌절, 적개심 같은 감정이 생길 때가 있는가? 그것도 스스로 인정할 만한 수준을 넘어서는 정도로 말이다.

이런 부정적인 감정들이 생기기 시작하면 사람들은 결혼생활에 심각한 문제가 생겼다고 생각한다. 우리는 배우자의 감정과 태도 혹은 행동에 영향을 주게 되어 있다. 그러다 결국 이런 것들이 또 다른 문제를 만들 뿐이라는 사실을 깨닫게 된다.

우리는 12년에서 20년 정도의 세월을 학교 공부에 바친다. 하지만 그 어디에서도 부부 관계를 잘 유지하고 더 좋아지게 하는 법을 가르쳐주지 않는다. 너도나도 결혼생활에 대해 잘 모르고, 막연히 '다 잘되겠지'라고 희망을 품는다. 그러다 보니 결혼해서 배우자와 갈등이 생기면 꼼짝달싹 못하는 궁지에 몰렸다고 생각하게 된다.

결혼생활에서 갈등은 피할 수 없다. 갈등이 있다고 결혼생활이 끝장날 거라고 생각하는 것은 어리석기 그지없다. 나와 상대방 사이에 의견이나 감정, 기질, 가치관이 다른 것은 어떤 인간관계에서나 당연한 현상이다. 우리는 배우자를 고를 때 자신보다 세상을 더 넓게 보는 사람을 찾고, 그 사람 덕에 앞으로 내 삶이 더욱 풍성해질 것이라고 기대한다. 그래놓고 정작 나의 성장에 도움이 될 기회가 생겼을 때는 그걸 받아들이는 데 인색하다. 심하면 나와 배우자는 천생연분이 아니라고 씁쓸해하고, 좌절하기도 한다. 개중에는 더 이상 싸우고 싶지 않다고 헤어져서는 또 다른 짝을 찾아 예전과 똑같은 모습으로 사는 사람들도 있다.

결혼생활의 목표를 세울 때 갈등을 없애는 것에 초점을 둬서는 안 된다. 오히려 갈등을 책임감 있게 끌어안고, 효과적으로 풀어 나가는 것을 목표로 삼아야 한다. 부부 사이에 심한 다툼이 생겼을 때 각자 사랑을 더 베풀고 현명한 사람으로 거듭나는 기회로 생각하면 어떨까? 부부간에 생기는 다툼이 배우자보다 내게서 비롯된 것이 많다고 생각하면 어떨까? 배우자가 나에게 맞는 사람인지 의심하기보다 오히려 이 사람 덕에 결혼생활에서 많은 걸 배울 수 있으니 꼭 맞는 짝이라고 생각을 바꿔보면 어떨까?

그러다 보면 부부 관계와 결혼에 대해 우리가 걸었던 기대와 신념의 수준에서 벗어나 더 발전적인 것들을 깨닫고, 새로운 가능성을 만들어내는 단계에 이르게 된다.

이상적인 부부 관계를 구축해나갈 때 갈등과 분노를 바라보는 우리의 편견이 걸림돌로 작용하는 경우가 많다. 결혼생활로 고통을 겪는 부부들을 보면 우리는 '결혼이란 게 시간차만 있을 뿐 언젠가는 깨지게 마련이구나' 하고 생각한다. '그다음 순서는 혹시 우리 부부가 아닐까?'라고 낙담하기도 한다. 하지만 두려운 상황을 대하면서 체념하고 절망하는 것 역시 우리 스스로 선택하는 것이다. 그것은 곤란한 현실과 마주하기 싫어 회피하려는 마음이 커서 내리는 선택이다.

곤란한 현실이란 다음과 같은 질문들과 연관된다.

♟ 지금과 같은 상황에서 나는 과연 어떻게 해야 할까?

♟ 내 입장을 끝까지 고수한다면 후에 나 자신과 주변 사람들에게 내 생각이 타당하다고 입증할 수 있을까?

♟ 내가 옳다고 생각하는 것이 무엇이길래 이토록 집착하는 걸까? 그 이유는 뭘까?

♟ 내가 배우자에게 꼭 관철하고 싶었던 것은 무엇일까? 왜 그렇게까지 하려고 했을까?

♟ 부부의 인연을 놓치거나 이런 부부 사이로 계속 살까 겁이 나는데, 내 안에 더 큰 두려움이 깔려 있는 건 아닐까?

♟ 내가 꼭 이루고 싶은 것을 배우자에게 밝히지 못하고 있는데, 그 이유는 무엇일까?

♟ 내가 원하는 것을 이루지 못한 책임이 나한테도 있을 텐데, 그 책임을 배우자에게 전가시키고 있는 것은 아닐까?

이런 질문들의 핵심은 부부 사이에 생긴 갈등에서 나 자신이 차지하는 비중이 어느 정도인지 이해하는 데 있다. 부부 관계가 틀어지거나 다툼이 생겼을 때 상대방이 아니라 내가 어떤 역할을 했는지를 생각해보는 것이다. 그렇다고 해서 배우자에게는 갈등의 책임을 묻지 않고 무조건 용서하겠다는 것은 아니다. 오히려 갈등으로 빚어진 모든 상황을 생각해보고 문제 해결에 에너지를 집중하려는 것이다.

갈등의 책임을 오롯이 나 자신에게 지우면 배우자에게 공격받기 딱 좋은 약점을 갖게 될 수도 있다. 하지만 동시에 자기 입장만 고수하던 배우자가 기세를 누그러뜨리고, 나의 생각과 요구에 귀 기울여 보려는 마음이 생길 수도 있다. 이렇게 마음이 열리면 서로 화해하고 도와주려는 노력을 하게 된다. 결국 '우리는 좀 다르구나' 하고 넘어가게 되고, 심각한 갈등으로 치닫게 만들었던 방어적 태도가 수그러들게 된다.

물론 내가 방어적인 태도를 덜 갖는다고 배우자가 꼭 부응하리라는 보장은 없다. 따라서 이럴 때는 나의 약점을 보여주면서 상대방도 약점을 보이게끔 유도하는 것이 좋다. 그렇지 않으면 배우자는 방어적인 태도를 쉽게 풀지 않는다. 내가 약점이 있다는 틈을 보여주면 배우자도 방어적인 태도에서 벗어날 수 있는 기회를 갖게 된다.

자기방어에 골몰해 있던 상황에서 빠져나오면 하루하루 힘들게 살아가던 처지에서 확 벗어나게 된다. 부부로서 지금까지 꿈꾸었던 가능성보다 더 대단한 가능성들에 대해 질문할 수도 있다.

"우리 부부 사이는 어느 정도까지 돈독해질 수 있을까?"

예전에 믿었던 것보다 훨씬 더 많은 것이 가능할 수도 있겠다는 생각이 들면 한동안 묵혀두었던 꿈들을 다시 꺼내볼 용기가 생긴다. 그리고 이 꿈들을 실현시켜보겠다는 자신감이 생기고, 또 다른 새로운 꿈들도 갖게 된다.

부부 사이를 좋게 만들어주는 마술은 세상에 없다. 금실 좋은 부부가 되기에 완벽한 배필감이 따로 있는 것도 아니다. 우리가 가장 먼저 해야 할 일은 스스로를 가두는 어리석은 생각과 기대에서 벗어나 자유로워지는 것이다. 꿈에 그리던 배우자를 찾고 싶다면 본인이 먼저 그런 배우자가 되어야 한다.

어린 시절을 행복하게 보낸 사람들이 부부 금실도 좋다

●◦◦◦◦◦◇◇◇

어린 시절을 행복하게 보낸 사람이 부부 금실도 좋다는 말이 있다. 이 말이 사실이라면 우리 대부분은 지옥 같은 관계 때문에 허우적거리란 말인가. 그건 사실이 아니니 겁먹을 필요 없다.

어릴 때 힘들고, 학대받고, 끔찍한 환경에서 살았던 사람들도 사랑을 베풀고 좋은 관계를 형성하며 잘 살고 있다. 현재 행복한 결혼생활을 하는 부부들 중에는 어린 시절을 구제불능의 환경에서 자란 사람도 많다. 반대로, 사랑받는 행복한 어린 시절을 보냈지만 불행한 결혼생활을 하는 사람도 많다.

행복한 어린 시절을 보내야만 어른이 되었을 때 성공적인 인간관계를 맺는 것은 아니다. 그렇다면 인간관계에서 성공 가능성을 결정짓는 핵심 요소는 무엇일까?

불우한 환경에서 제대로 된 어린 시절을 보내지 못한 사람들이 의외로 많다. 이런 경우라면 학대나 방임을 겪었거나 이상적인 상황에는 턱없이 부족한 환경에서 자랐을 가능성이 크다. 이런 환경에서는 신체적, 정서적, 지적 발달을 저해하는 심각한 장애가 생길 수도 있다. 그래도 어른이 되었을 때 제대로 된 후원과 도움을 받으면 이런 장애는 극복할 수 있다. 물론 쉬운 일은 아니다.

방임 가정이나 학대 가정에서 자란 사람들의 한 가지 공통점은 마음속 깊이 잘못된 선입견을 갖고 있다는 것이다. 가령, 자신은 사람들로부터 존중받고 사랑받을 만한 가치가 없는 존재라고 믿는다. 학대나 방임을 겪은 아이들은 부모로부터 사랑도 받지 못하고 자신의 존재 가치를 인정받지도 못한다. 가정환경이 불안해서 신변의 안전에 위협을 느끼는 경우도 많다. 그래서 아이들은 자신을 거추장스러운 존재라고 여기고, 부모로부터 무시당한다고 느낀다.

결국 아이들은 자신이 처한 환경을 바꿀 수 없다는 무력감과 사랑받지 못하는 존재라는 감정에 휩싸인다. 아이들은 원래 쉽게 자책하는 경향이 있어서 대접이 좋든 나쁘든 간에 그런 대접이 마땅하다고 여긴다. 이러한 어려움이 계속해서 쌓이는 것은 감당하기 벅찬 일인데, 어려운 것과 불가능한 것 사이에는 분명한 차이가 있다.

물론 어린 시절에 부모에게 충분한 사랑을 받고 긍정적인 자존감이 형성된 사람도 많다. 이런 사람들은 성인이 되었을 때 세상 속에서 자신이 안전하다고 여길 가능성이 높다. 그들의 마음속에는 자신은 소중한 존재이고, 존중받고 사랑받고 있다는 믿음이 자리하고 있다. 그러나 자존감이 높다고 해서 성공적인 인간관계가 보장되는 것은 아니다. 이것은 자존감이 낮으면 인간관계에서 반드시 실패한다고 장담하지 못하는 것과 같다.

성인이 되었을 때 성공적인 인간관계를 형성하려면 우리 마음속의 상처들을 포용과 용서로 고쳐보겠다는 적극적인 태도가 필요하다. 그리고 매사를 경험하고, 배우고, 정서적으로 성숙해지고, 안 좋은 행동들을 삼가려고 노력하는 자세도 필요하다. 사람들은 누구나 마음속에 그늘이 있기 마련인데, 이것을 부끄러운 것으로 치부한다. 마음속 그늘을 방치하지 않고 끌어안으려는 노력이 필요하다. 이것이야말로 성공적인 인간관계를 만드는 데 가장 중요한 요소이다.

어린 시절의 우리 모습을 떠올리면 '구렁텅이'와 '완벽한 이상'이라는 양극 사이 어디쯤에 자리를 잡고, 이 둘을 두루 경험했을 가능성이 크다. 따라서 우리 존재가 가치 있는 듯 가치 없는 듯하고, 사랑스러운 듯 사랑스럽지 않은 듯한 어정쩡함을 느끼게 된다. 낮은 자존감과 불안감, 우울감, 또는 중독적인 성향을 가진 사람들은 심리치료사를 찾아가기도 한다. 이런 치료 말고도 어린 시절에 생긴 상처들을 치유할 수 있는 여러 방법이 있다. 그중 하나가 바로 결혼해서 배우자와 진심을 다하는 동반자 관계를 형성하는 것이다. 그러면 남들에게 말할 수 없었던 치유되지 않은 부분들을 오롯이 드러낼 수 있게 된다.

배우자에게 온전히 받아들여지고 존중받으면 상처받은 마음이 치유된다. 동시에 사랑을 주고받을 수 있는 능력도 커지고 깊어진다. 이처럼 서로 진심 어린 동반자 관계가 형성되면 불안감이 줄어들고, 안정감이 커진다. 그래서 우리가 의도했든 아니든 간에 마음속 깊이 숨겨놓았던 것들을 죄다 드러낼 수 있게 된다. 여기서 한 발 더 나아가면 다른 사람들에게까지 연민의 정을 갖게 된다.

물론 결혼의 본질이 치유에 있는 것은 아니다. 배우자가 생겼다고 자동으로 행복해지지도 않는다. 부부가 되었으니 잘 살도록 서로 노력하자고 마음을 모으느냐 아니냐에 따라 훌륭한 부부가 될 수도 있고, 이름뿐인 부부가 될 수도 있다. 힘든 어린 시절을 보냈더라도 훌륭한 부부 관계를 이룰 수도 있고, 더 나아가 돈독한 부부 관계를 통해 과거에 아이로서 누리지 못한 것들을 다 해볼 수도 있다.

과거가 미래를 결정짓지는 않는다. 과거란 삶의 여러 요소 중 하나에 불과하며, 미래의 가능성에 영향을 주는 요소일 뿐이다. 우리는 과거의 한계들을 툭툭 털어버리고 더 많이 성장해갈 수 있다. 단, 그것이 가능하다고 확실하게 믿는 마음이 필요하다.

똑같은 일을 눈앞에 두고도 어떤 사람은 가능하다고 생각하고, 어떤 사람은 불가능하다고 생각한다. 사실 두 사람의 생각은 모두 옳다. 우리가 갖는 신념에는 크나큰 힘이 존재해서 믿는 그대로 이루어지는 일이 허다하다. 그래서 과거 때문에 장애가 되는 일이 많다는 생각을 가진 사람에게는 결국 그 생각을 확인하는 일이 생기고 만다. 반대로, 미래가 과거에 좌우되지 않는다고 생각하는 사람은 과거의 상처에서 회복하려는 노력을 한다. 그러면서 과거가 그어놓은 한계에서 벗어나 자유로워지고, 그동안 동경

해왔던 삶을 자기 것으로 만드는 데 서슴지 않고 나선다.

과거에 심각하게 망가진 적이 있어도, 중독이나 학대, 방임으로 고생한 적이 있어도, 그것을 뛰어넘는 훌륭한 부부 관계를 맺을 수 있다. 부부 금실은 더 나은 미래를 만들 수 있다고 믿는 그 마음에 달려 있다.

살다 보면
권태기는
다들
겪는다

●◦◦◦◦◦

배우자에게 싫증이 나는 것은 심각한 문제다. 이런 문제를 가지고 심리상담을 청하는 사람들이 많다. 다행스럽게도 이런 싫증은 쉽게 고칠 수 있다. 그런데 심리상담을 하러 오는 사람들은 이 문제가 어디에서 비롯되었는지를 찾으려 하지 않는다. 왜냐하면 바로 자기 자신에게서 시작되었기 때문이다.

우리가 배우자를 처음 만났을 때 매력적으로 느낀 것들이 있다. 좌

충우돌 부딪치며 살다가 배우자의 매력에 빠져 안정을 찾고, 앞날을 낙관적으로 바라보며 가슴 벅찼던 경험이 있을 것이다. 그런데 시간이 지나면서 매력적인 점들이 짜증을 일으키는 원인으로 둔갑한다. 한때 든든하고 편안함을 주었던 매력이 언제부터인가 답답해 못 견딜 정도로 여겨지기도 한다. 그동안 배우자나 당신의 상황이 변한 것도 아닌데 말이다. 배우자가 지닌 매력들은 여전히 그대로다. 문제는 당신에게 있다. 예전과 달리 배우자와의 관계에서 못마땅한 부분들에 집중하는 바람에 그 매력을 충분히 느끼지 못하는 것뿐이다.

배우자는 원래부터 당신을 불쾌하게 만드는 점들을 가지고 있었다. 그야말로 콩깍지가 씌여 당신이 그것을 놓쳤을 뿐이다. 그런데 당신은 배우자가 예전 모습과 너무 달라졌다고 생각한다.

당신은 배우자가 다른 매력을 가지고 있다면 지금보다 훨씬 더 행복할 것이라고 생각한다. 그러나 그럴 일은 없다. 애초에 배우자에게서 다른 매력을 원했다면 지금 당신 곁에는 다른 사람이 있을 것이기 때문이다. 따라서 당신의 배우자 선택에 착오는 없었다.

당신은 자신이 바라는 것들을 다 충족시켜줄 것 같은 사람을 배우자로 선택했다. 그때 이미 배우자의 어떤 면은 충분히 자각했고, 어떤 면은 미처 알아차리지 못했을 것이다. 그런데 환상 속의 연인 빼고는 이 세상 어떤 사람도 당신이 바라는 모든 것을 완벽하게 채워줄 수는 없다.

배우자가 새롭게 변하지 않더라도 당신에게는 삶의 질을 높일 수 있는 능력이 있다. 이 얼마나 반가운 일인가. 그 비법은 두 가지다. 먼저, 당신 마음에 안 드는 배우자의 모습을 더 이상 곱씹어 생각하지 마라. 그리고 당신이 진심으로 좋아하고 고맙다고 생각하는 모습을 찾고 그 모습에 집중하라. 마음속으로만 고맙게 여기지 말고, 밖으로 드러내서 표현하고 배우자와 공유하라. 고마운 마음을 날마다 표현해보자. 이때 중요한 것이 하나 있다. 고맙다고 말하는데 배우자가 별다른 변화를 보이지 않더라도 상처받지 않는 것이다.

상황을 맘먹은 대로 도저히 바꿀 수 없다면, 이제는 그 상황에 대한 자신의 생각과 대응방식에 변화를 주어야 한다. 배우자에게 싫증을 느꼈던 것이 때로는 마음속에 담아놓았던 억눌린 분노나 울분 때문일 수 있다. 상대방이 바뀌기만 바라고 자신은 바뀔 생각이 없다면 문제는 해결되지 않는다. 직접 나서서 현실을 직시하고 책임을 지다 보면 문제의 본질까지 꿰뚫어보는 통찰력이 생긴다. 그리고 지겹기만 한 지금의 관계에 활력을 불어넣어줄 마음속 진실들을 깨닫게 된다. 그동안 표현하지 않아서 미처 몰랐던 것들이 바로 그것이다.

싫증을 느낀다는 것은 어쩌면 배우자에게 충분히 관심을 쏟지 않았다는 증거일 수 있다. 당신의 마음속 앨범에 예전의 배우자 사진이 고이 저장되어 있는지 살펴보자. 당신은 지금도 그때의 모습을 원하고 있는 것은 아닌가? 당신의 마음속 눈을 새롭게 바꾼다면 배우자의 변화된 모습이 눈에 들어올 것이다. 그리고 당신 자신도 많이 바뀐 것을 느끼고, 이만큼 발전하고 성장한 것이 배우자 덕분임을 깨닫게 될 것이다.

마지막으로, 당신의 삶 자체에 싫증을 내고 있을지 모른다. 그동안 노력하지는 않았지만 이루어지면 좋겠다고 생각한 꿈들이 있는가? 열심히 해보지도 않고 원하는 것을 하지 못한 변명만 늘어놓고 있지는 않은가? 당신을 지금보다 훨씬 더 신나고 열정적으로 살게 해줄 일들이 있는가? 이제 불평은 그만두고 과감히 털고 일어나 그 일에 도전해보자. 그동안 이루지 못한 것을 배우자 탓으로 돌리지 말자. 하고 싶은 일들을 당당히 밝히고 적극적으로 시도해보자. 삶이 변하고, 변화된 모습에 짜릿함을 느끼게 될 것이다.

이것들 중 몇 가지만이라도 시도해보자. 배우자와의 관계도 좋아지고, 당신의 인생도 살맛날 것이다. 따분함이 사라지고 긍정적인 자극으로 가득 찰 것이다. 그리고 당신이 재미있게 사는 모습을 본다면 배우자도 그 삶에 동참하고 싶을 것이다.

한 번
바람피우면
끊임없이
피울 것이다

●◦◦◦◇◇◇◇◇

'정직이 최선의 방책'이라는 말에 시비를 걸 사람은 없을 것이다. 그렇다고 늘 '방책'에만 의지하며 사는 게 능사는 아니다. 말한 대로 행동하고, 원칙을 지키면서 흠 하나 없이 살고 싶어도, 살다 보면 마음먹은 대로 안 될 때가 많다. 털어서 먼지 나지 않는 사람은 없다. 그러니 배우자가 삐끗했을 때 어느 정도까지는 봐주는 구석이 있어야 한다.

부부 사이의 배신 가운데 으뜸

은 바람을 피우는 것이다. 이런 배신은 서로에 대한 신뢰감을 와장창 깨뜨려놓는다. 신뢰감이 깨진 관계가 회복되는 데는 부부가 서로 어떤 반응을 보이느냐가 관건이다. 특히 배신한 당사자의 반응이 중요하다. 바람을 피운 당사자가 자기 입장만 내세우는 모습에서 벗어나 진심 어린 이야기를 할수록 화해의 가능성이 커진다. 이때 상대 배우자도 마음을 움직여주면 그 가능성은 더욱 커질 것이다.

바람피운 사실을 감추려고 거짓말을 일삼으면 사정은 더 악화된다. 바람피운 사실이 들통나지 않더라도 관계에 금이 갈 수밖에 없다. 하지만 이런 배신과 기만으로 인한 상처도 노력하면 대부분 치유된다. 다음의 몇 가지 조언이 관계 개선에 도움이 될 것이다.

♣ 바람피운 사실을 인정하라

당신이 바람을 피웠다면 배우자가 알기 전에 먼저 밝혀라. 속이는 기간이 길어질수록 관계는 더 나빠지고, 예전으로 돌아갈 가능성이 줄어든다. 배우자가 다른 경로로 그 사실을 알기 전에 당신 스스로 밝혀야 신뢰를 회복할 수 있다.

👤 다시는 바람피우지 마라

바람피웠다고 인정한 그때부터는 자신에게 그럴 여지를 조금도 주어서는 안 된다. 그리고 배우자가 앞으로 바람을 피우지 않겠다는 당신의 약속을 믿지 못해 자꾸 확인하더라도 너무 힘들어하지 마라. 깨진 신뢰를 다시 회복하는 데는 시간이 필요하고, 당신 쪽에서 감수하고 인내해야 한다.

👤 어떤 질문에도 제대로 답하라

바람피운 사실과 관련해 배우자가 물어올 때 자기방어적인 태도를 보이지 마라. 배우자 입장에서는 당신이 감추는 것이 있는지 확인해야 하기 때문에 질문거리가 많을 수밖에 없다. 질문에 대한 답변은 당신 몫이다. 이때 "우리 관계를 개선시키기 위해 제대로 잘 대답하고 있는가?"라고 자문하면서 대응해야 한다.

배우자가 질문하면 당신은 진실을 제대로 밝혀야 한다. 배우자가 진실을 알아야 당신을 다시 믿어볼 마음을 먹을 수 있다.

👤 배우자의 말을 경청하라

배우자가 느끼는 감정을 분석하고, 평가하고, 판단하고, 설득할 생각을 아예 하지 마라. 타인이 하는 말을 잠자코 들어주는 것은 그의 견해에 동의하는 것과 다르다. 상대방의 의견에 전적으로 동의하지 않더라도 존중하며 그 말을 경청할 수 있다. 사람은 누구나 자신의 말을 하고 싶어 하고, 더 나아가 내 말을 상대방이 경청해주고 받아들여주기를 바란다.

🔊 인내심을 발휘하라

당신이 잘못한 경우에 배우자가 다시 믿어줄 때까지는 시간이 걸린다. 따라서 충분히 시간을 갖고 차근차근 생각해보라고 당신의 생각을 전하라. 예상보다 시간이 훨씬 더 걸릴지 모르니 당신이 기다려주는 인내가 요구된다. 이 시기를 잘 견디고 나면 부부가 더 돈독한 관계로 발전할 수 있다.

혹시라도 배우자에게 "이제 그 정도면 됐잖아"라고 다그쳐서는 안 된다. 마음을 가다듬고 이렇게 말해줘라.

"나는 우리 사이가 다시 좋아지기를 진심으로 바라고 있어. 이런 내 마음이 진짜라는 걸 확인하고 믿게 될 때까지는 당신에게 시간이 더 필요할 거야. 기다릴 테니 여유를 가지고 생각해."

🔊 당신의 행동에 책임을 져라

당신이 저지른 일이 모두 사실이라고 인정하라. 이때 어떤 설명이나 합리화, 변명을 늘어놓아서는 안 된다. 시간이 어느 정도 흘러야 배우자와 당신 둘 다 큰 맥락에서 사태를 바라볼 수 있고, 일이 이렇게까지 된 이유를 제대로 파악할 수 있다. 이 모든 것은 시간이 지나야 가능한 일이다.

🔔 관계 회복을 원한다는 진정성을 보여줘라
관계를 개선하기 위해 부부가 같이 노력할 때에야 훌륭한 결실을 거둘 수 있다.

이런 노력들을 하면 실제로 관계 개선이 가능해진다. '비 온 뒤에 땅이 굳는다'는 말이 있듯이, 시련을 이겨낸 부부가 얻는 행복은 그동안 고생한 것에 비할 바가 아니다. 이미 이런 경험을 한 부부들을 타산지석으로 삼는 것도 좋다.

화해하기 위해서는 서로가 진심을 털어놓고 되돌아보는 자세가 필요하다. 배우자가 바람을 피우면 부부 사이에 심각한 타격을 입지만, 그렇다고 치유가 불가능한 것은 아니다. 다시 서로에 대한 애정과 신뢰를 회복하고, 관계가 더욱 두터워진 부부도 많다.

이런 상황에 처한 때일수록 부부는 여태까지보다 더 허심탄회하게 진심을 보여주고 책임을 지려고 노력해야 한다. 만약 배우자가 다시 바람피울지도 모른다고 의심하면 예상대로 될 수도 있다. 나쁜 생각에 빠지지 않도록 용기를 내야 한다.

많은 사람들이 이런 시련을 겪고 나면 나름의 가치를 깨닫게 된다. 당신도 마찬가지다. 배우자가 바람을 피워 신뢰가 깨졌다면 다시 회복될 때까지는 많은 시간과 노력이 필요하다. 자존심도 많이 상할 것이다. 어쩌면 다시 회복이 안 될 수도 있다. 하지만 정성을 다해 진심으로 노력하면 결실을 거둘 수 있다. 무엇보다 부부가 함께 마음을 모아 지혜를 발휘해야 한다.

사랑만 있으면 세상에 안 될 게 없다

●◇✕✕✕✕✕

누군가가 좋아질 때는 외모가 마음에 들고, 재미있고, 당신이 건넨 농담에 깔깔 웃어주어서다! 물론 이런 매력에 강하게 끌린다고 해서 그 사람을 꼭 사랑하는 것은 아니다.

사랑과 끌림은 혼동하기 쉽다. 하지만 사랑은 상대에게 강하게 끌리는 것만 가지고는 모자란다. 진정한 사랑은 이보다 훨씬 더 많은 것을 요구한다.

사랑은 가끔 우리를 이렇게 변화

시키기도 한다.

- 평소의 나와 아예 달라질 수도 있겠다는 생각이 불쑥불쑥 솟는다.
- 실망스럽거나 속상하지만 사랑하는 사람을 탓하고 싶지 않다.
- 본의 아니게 겸손의 미덕을 터득하고, 철이 제대로 든다.
- 상대에게 해줄 수 있는 게 뭔지를 항상 고민한다.
- 곤란한 입장에 처했을 때 상대에게 방어하려 들지 않고 그냥 당해준다.

이제 막 사랑에 빠진 사람들은 '사랑 하나만 있으면 된다'는 오해에 빠진다. 그들은 사랑만 있으면 이런 일들이 가능하다고 믿는다.

- 살다가 힘든 시기를 맞더라도 꿋꿋이 잘 이겨낼 것이다.
- 서로 싸우는 일은 만들지 않을 것이다.
- 어떤 장애든지 다 극복해낼 것이다.
- 마음속 상처는 모두 다 치유될 것이다.
- 앞으로 상처받을 일은 없을 것이다.

♠ 늘 건강을 유지할 것이다.

♠ 다시는 외로움을 타지 않을 것이다.

♠ 이제부터는 늘 행복할 것이다.

♠ 형편없이 망가지는 일이 생기더라도 다시 멀쩡해지도록 만들어줄 것이다.

인생의 여정에서 누구나 이런저런 고난을 겪는다. 이때 맛보게 되는 고통이 사랑을 한다고 해서 확 줄어드는 것은 아니다. 하지만 사랑의 힘은 대단해서 인생살이에 행복이란 감정을 심어주고, 잘 살고 있다는 만족감을 채워주어 삶의 질을 향상시킨다. 또한, 사랑은 몸을 더 건강하게 만들고, 수명을 더 늘려주기도 한다.

그럼에도 불구하고 당신에게 필요한 것은 사랑뿐이라는 생각에 얽매이지는 마라. 자칫 인생의 쓴맛을 보고 나서 '인생은 사랑만 가지고는 안 되는구나' 하고 크게 실망할 수 있기 때문이다. 사랑하는 사람이 있는데, 당신 마음과 다르게 움직이면 '저 사람은 나를 사랑하지 않아'라고 생각할 수 있다는 말이다.

이쯤 되면 "사랑만으로 안 된다면 도대체 뭐가 더 있어야 할까?"라는 의문이 생길 것이다. 사랑 이외에 당신이 힘들 때 버팀목이 되어줄 몇 가지를 꼽아본다. 이것들을 실천한다면 인생이 훨씬 더 향기로워질 것이다.

- 🖤 모든 인간관계에서, 심지어 사랑하는 사람과의 관계에서도 서로의 차이를 인정하고 그것을 받아들이자.
- 🖤 당신이 애초에 계획한 대로 일이 잘 풀리지 않을 때에 인내심을 발휘하자.
- 🖤 상대방의 말을 주의 깊게 잘 듣자. 당신의 생각과 다른 말을 해도 중간에 자르거나 고치려고 하지 말자.
- 🖤 당신이 잘못한 실수를 인정하자. 만일 잘못이 없다고 우기면 그게 무엇이든 상대를 통해 고스란히 당하게 될 것이다.
- 🖤 사랑하는 사람과 당신 자신에게 아량을 베풀자.
- 🖤 말한 대로 실천하려는 진정성을 갖자.
- 🖤 계속해서 노력할 수 있는 용기를 갖자.
- 🖤 사랑하는 사람과 뜻을 같이하여 펼쳐갈 새로운 미래에 대한 비전을 구상하자.
- 🖤 상대를 신뢰하고, 또 상대가 신뢰할 만한 사람이 되자.
- 🖤 유머 감각을 키우자.

사랑은
한 번 식으면
다시
생기지 않는다

●◇◇◇◇◇◇

제레미와 엘런은 꽤 오래 같이 살
았다. 어느 날 제레미가 엘런에게
말했다.

"당신을 지금도 사랑하지만 열렬
히 사랑하는 것은 아니야."

무슨 뜻이냐고 엘런이 묻자, 제
레미는 정확하게 설명하지 못했다.
예전과 같은 감정을 느끼지 못한다
고 얼버무릴 뿐이었다.

그러자 엘런이 말했다.

"앞으로 우리 사이가 어떻게 될

지 뻔하네."

사실이 그랬다. 엘런은 우리 부부에게 이렇게 고백했다.

"그 이후 제레미는 우리가 앞으로 좋은 친구가 되길 원한다고 했어요. 그런데 내가 가장 원치 않는 일이 바로 친구 운운하는 것이었죠. 다시는 그 사람을 보고 싶지 않아요."

엘런은 매우 심란해 보였다. 더 정확히 말하면 그녀는 격분했고, 상처받았고, 혼란스러워했으며, 비탄에 잠겼다.

"당신을 지금도 사랑하지만 열렬히 사랑하는 것은 아니야."

린다와 나는 이런 말들을 들었던 사람들의 사연을 아주 많이 접한다. 그래서 그 속뜻을 알아봤더니, 다음과 같이 받아들이는 것으로 나타났다.

♣ 당신과의 관계가 이제는 즐겁지 않아. 계속 이런 식으로는 지내고 싶지 않아.

♣ 내 생각에 당신과 나는 서로의 짝이 아닌 것 같아.

♣ 예전에 아주 좋았을 때의 짜릿함과 열정이 지금은 가라앉았어. 그때만큼 알콩달콩 재밌지도 않아.

♣ 당신이 좋은 사람이란 건 알지만 날 더 재미있게, 더 뜨겁게 해줄 사람을 원해.

🖤 요새 우리 사이에 문제가 있다는 생각이 들어. 앞으로 어찌 될지 뻔해서 기분이 찝찝해.

🖤 이 정도에서 관두는 게 나중에 힘들게 헤어지는 것보다 낫지 않을까?

🖤 우리 관계에 대해 당신이 나보다 앞서간다는 느낌이 들어.

🖤 우리 사이가 너무 갑갑하게 느껴져. 당신 기분이 상하지 않게 하려면 이런 말을 어떻게 해야 할까?

🖤 요즘 내가 자주 불편하고 심란해. 그게 다 당신 때문인 것 같아.

🖤 당신이 나 때문에 상처받고 화나게 하고 싶지 않아. 그러면 나도 당신한테 똑같이 당할 것 같거든. 그러니 당신을 자극하지 않도록 조심하면서 말할게.

🖤 당신은 예전과 너무 많이 달라졌어.

🖤 이제부터 시간을 갖고 차분하게 우리 관계를 생각해봤으면 좋겠어.

🖤 이 정도에서 그만 끝냈으면 해.

세상에 영원히 지속되는 관계는 없다. 그렇더라도 언제쯤에 헤어지자고 시간을 미리 정해놓은 것도 아닌데 연인들은 어떻게 사이가 끝났는지 아닌지를 아는 걸까?

관계를 보다 더 확실하게 하고 싶다면 카드 패를 언제 쥐고 있을지, 언제 던져야 할지를 알아야 한다. 대개 사정이 힘들어지면 카드 패를 던지고 싶어지는 법이다. 우리는 지겨운 마음이나 적개심, 불만이 생길 때 그 원인을 제대로 파악하기를 회피한다. 자꾸 꼬이기만 하는 사이가 되었으니 이제 그만 헤어지는 게 상책이라며 끝내는 경우가 허다하다. 너무 빨리 헤어지는 연인들을 보면 처음 연인 사이가 될 때 본인이 무척 좋아했던 점을 시들하게 여긴다는 공통점이 있다.

사랑이라는 감정은 일종의 '열병'이다. 열병의 위력은 엄청나지만, 곧 가라앉기 마련이다. 이런 열병은 자기기만적인 착각과 크게 다르지 않다. 착각이 일어나야 서로에게 강하게 끌리고 자식도 생기는 법이니, 이런 열병은 종족보존을 위한 자연의 섭리라고 할 수 있다.

사랑의 열병에 걸린 사람들은 정신이 혼미해진다. 엔도르핀과 옥시토신의 위력에 맥을 못 추고, 도저히 거부할 수 없는 감정과 충동에 휩싸인다. 그런데 이 열병은 일시적인 현상이다. 여기서 '일시'는 단 몇 분일 수도 있고, 몇 년이 될 수도 있다. 어쨌든 열병의 기세는 시간이 가면 주저앉게 된다. 바로 이때 어떻게 대처하느냐가 관건이 된다.

한 가지 방법은 다시 열병에 걸리게 해줄 다른 누군가를 찾는 것이다. 어떤 사람들은 사랑에 풍덩 빠지는 느낌을 좋아해서 이 사람 저 사람 바꿔가며 사랑에 몰두한다. 언젠가는 사랑의 열정이 절대로 식지 않는 사람을 만날 수 있을 것이라고 꿈꾸면서 말이다. 또 어떤 사람들은 누군가에게 안주하겠다는 마음을 아예 접는다. 그런가 하면 사람을 들뜨게 만드는 열병 같은 사랑보다 훨씬 더 깊은 관계로 이끌어주는 사랑에 관심을 갖는 사람들도 있다.

열병 같은 사랑이 식었을 때 '그래도 한번 버텨보자'와 '아니야, 이보다 더 크게 손해를 보지 않으려면 이쯤에서 관두자' 중에서 하나를 선택하는 기준은 무엇일까? 만약 당신이 더 노력할 수 있을 것 같다면 버티면서 좀 더 두고 보는 것이 좋다. 우리는 가끔 '배터리'가 떨어져 더는 어찌해볼 도리가 없다고 생각했는데, 알고 보니 살짝 남아 있다는 것을 깨달을 때가 있다. 이런 활력은 완전히 지쳐 힘이 하나도 안 남았다고 느낀 후에 찾아온다.

관계를 유지하는 것은 마치 마라톤 선수가 마라톤 경기를 뛰는 것과 다르지 않다. 당장이라도 관두고 싶은 마음이 넘칠 때 이 순간을 꼭 넘어서고 말겠다는 각오로 이를 악물고 버텨내야 한다.

당신의 능력을 알고 싶다면 위험을 감수할 생각이 얼마만큼 있는 지를 들여다보자. 좀 더 버티려다가 마음을 더 크게 다치면 어쩌나, 예전의 상처가 아물기도 전에 덧나면 어쩌나 하고 걱정될 수도 있다. 필요 이상으로 너무 오래 버티는 것은 아닌가 하는 우려가 생길 수도 있다. 그러나 위험에 온전히 자신을 내맡겨야만 마음에 탄력이 생기고, 난관에 부딪혔을 때 참고 이겨나가는 능력을 발휘할 수 있다.

물론 관두는 게 상책인 경우도 있다. 스스로 최선을 다했고, 자신이 할 몫은 끝까지 노력했는데도 상황이 나아지지 않고 계속 침체되는 느낌만 든다면 말이다. 이럴 때의 관계 정리는 절망 끝의 단념이나 포기가 아니다. 그동안 부부의 인연으로 함께했던 좋은 일들은 기쁨으로 여기고, 반대의 경우는 애석해하면서 여태까지 품었던 희망의 끈을 놓아주는 것이라고 보면 된다.

사람은 이런저런 감정을 갖기도 하고, 놓치기도 한다. 배우자에게 매력을 느낄 때도 있지만 그렇지 않은 때도 있다. 이런 감정들이 이전만 못하거나 아예 사라졌다면 왜 이렇게 되었는지, 다시 좋아지려면 어떻게 해야 하는지를 생각해봐야 한다. 불만이 생긴 원인을 빨리 파악하여 대처해야 고통을 최소화할 수 있다.

부부간의 열정이 식었을 때는 이런 상황을 빨리 깨달을수록 잘

될 가능성이 커진다. 반대로, 자꾸 미루고 문제를 회피하면 관계가 깨질 확률이 더 커진다.

때로는 부부간의 열정이 식다 못해 거의 다 꺼진 것 같을 때도 있다. 하지만 약간의 불씨만 남아 있어도 다시 타오르게 바꿀 수 있다. 금실이 좋아질 가능성이 있는데도 희망을 접고 관둬버리는 부부가 우리 주변에 너무나 많다.

타인과 관계를 맺을 때 정신을 똑바로 차리고 책임감을 보이면 그 관계에 대한 통찰력이 생기고, 지혜와 사랑의 미덕을 겸비할 수 있다. 우리가 맺은 관계가 어떻게 끝날지 너무 연연해하지 말고, 이런 통찰력을 자신의 현재와 미래의 부부 관계에 발휘해보자. 그러면 용기와 헌신, 자비심과 인내심이라는 귀중한 결실을 얻게 될 것이다. 이것들을 가지고 있다면 앞으로 무슨 일이 벌어지더라도 마음이 든든할 것이다.

서로 다른
점들은
비슷하게
만들어야 한다

●◇◇◇◇◇

리아는 결혼하기 전에 보였던 제이슨과의 이런저런 차이들이 결혼 후에 좁혀질 것이라 생각했다. 부부로서 서로를 더 잘 알게 되면 자연스레 다스려지리라 여긴 것이다. 그러나 실상은 그렇지 않았다. 둘 사이의 서로 다른 점은 결혼한 뒤에 더 심해졌고, 금방이라도 갈라설 것 같은 지경에 이르렀다. 양쪽 다 자기 방식으로 상대를 바꾸려 들자 사태는 걷잡을 수 없게 되었다. 처음의 사랑과 본심은 시간이 흐를수록 망가져갔다.

리아 부부는 매사에 툭하면 다퉜다. 예컨대 언제 공항으로 떠날지, 애완동물은 고양이와 강아지 중 뭐로 정할지, 집에 있을지 아니면 밖에 나가 친구들과 어울릴지 등의 문제로 사사건건 부딪쳤다. 그런데 문제의 본질을 들여다보면 서로 의견이 안 맞아서가 아니었다. 그 이유는 서로가 자신을 통제하고 간섭한다고 생각했기 때문이었다.

제이슨이 어떤 일에서 한 가지 입장을 강경하게 내세울 때, 리아는 자신의 입장을 고집하는 식으로 대응했다. 남편이 자신을 진정으로 사랑한다면 그렇게까지 고집을 피울 수 없다고 생각했다. 그래서 남편이 고집부릴 때마다 어떻게든 자기 식으로 바꿔보려고 했다. 결국 두 사람은 힘겨루기 싸움에 말려들었다. 서로에게 적을 대하듯 했고, 몇 개월 동안 잠자리도 피했다. 시간이 지날수록 상황은 더욱 험악해졌다.

참다못해 리아가 전문가의 도움을 받아볼 것을 제안했다. 평소 제이슨은 어떤 문제든 해결하려고 맘만 먹으면 다 해낼 수 있다고 생각하는 사람이었다. 그래서 리아가 처음 제안했을 때도 몇 주 동안 혼자서 해결할 수 있다고 고집부렸다. 그러다 지쳐서 전문 상담가를 찾아가는 데 동의했다. 다행히 두 사람은 상담에 최선을 다했고, 관계는 호전되었다.

제이슨과 리아는 둘 다 마음속에 같은 두려움을 가지고 있었다. 둘 사이의 차이점을 없애지 않으면 결혼생활을 망치게 될 거라는 두려움이었다. 그들은 상담을 통해 둘 사이에 문제가 생기는 진짜 원인을 알게 되었다. 둘이 서로 달라서 다투는 게 아니라 자신의 생각에 상대를 끼워맞추려 해서 그리된 것이었다. 부부는 서로 다르고, 이런 차이들은 사라지지 않으며, 사라질 필요도 없다는 것을 알아야 한다. 이 사실을 인정하고 난 후에 리아 부부는 서로를 바꿔야 한다는 생각에서 벗어날 수 있었다.

누구나 가지고 있던 습관이나 생각을 바꾸기란 쉽지 않다. 바꿀 수 있다 해도 시간이 많이 필요한 일이다. 다행스럽게도 많은 부부들이 다양한 '훈련'을 통해 노력하고 있다. 서로 다른 점들을 인정하고, 서로의 존재방식을 더 잘 수용할 수 있는 방법들을 배우고 있다. 성질 급한 '독불장군'도 상대의 말을 잠자코 들어주는 기술을 터득하면 예전에 비해 아량과 포용, 인내심이 커지고 너그러워진다.

문제 해결의 핵심은 부부로 살면서 얼마나 서로 동질화되느냐가 아니다. 오히려 각자 더욱더 본연의 모습이 되어야 한다. 서로 상대의 독특한 개성에 끌렸고, 결혼에 이르렀으니 말이다. 부부가 서로 다른 점들을 인정하고 존중하면 대단한 위력을 발휘하게 된다. 장점으로 승화되어 놀라운 화학적인 반응을 이끌어내기 때문이다. 우리가 관계를 맺고 살아가는 세상을 더 깊고 넓게 만드는 것은 서로의 공통점이 아니라 차이점이다. 서로의 다른 점을 없애야 안정된 결혼생활을 할 수 있다면 현재 남아 있는 부부는 거의 없을 것이다.

물론 두 사람의 다른 점 중에서 도저히 용납하기 힘든 경우도 있다. 하지만 사랑하고 존중하는 기본자세가 있으면 힘겨운 상황까지 치닫지는 않는다. 부부가 처음 결혼할 때부터 달랐던 점 중 극히 일부만을 함께 살면서 다스릴 수 있다. 다시 말하지만 부부에게 서로 다른 점이 있는 것은 문제가 되지 않는다. 말썽의 원인은 서로 다른 점들을 그대로 인정하지 않고 갈등의 요인으로 취급하는 데 있다.

위태롭던 리아 부부는 서로를 통제하고 조종하려는 마음을 과감히 접으면서 구제되었다. 두 사람의 마음속에 자리 잡고 있던 결혼생활 파탄이라는 끔찍한 사건은 현실로 나타나지 않았다. 배우자를 통제하겠다는 망상에서 벗어났더니 자신들이 예상한 것보다 훨씬 더 훌륭한 결과가 나온 것이다. 가끔은 이렇게 예상이 빗나가는 것도 괜찮은 일이다.

상처에는
세월이
약이다

●◇◇◇◇◇◇

상처는 시간이 가면 다 아문다는 말이 위안이 될 때가 있다. 하지만 상처가 났을 때 어떤 노력도 하지 않고 기다리다가 고통이 더 심화될 수도 있다.

이럴 때는 시간에만 맡겨두지 말고 자신이 적극적으로 나서서 상처를 해결하는 게 좋다. 그런데 주의해야 할 점이 있다. 만약 그렇게 하려는 동기가 자신이 짊어져야 할 일정의 책임을 모면하려는 데 있다면 오히려 불행을 가중시킬 수 있다는 것이다.

서로에게 상처를 남긴 과정에 각자가 책임질 몫이 있다는 것을 먼저 인정하자. 그런 후에 상처를 해결하기 위해 최선을 다해야 한다. 시간이 해결해주기를 기다리는 것은 문제 상황에 소극적으로 임하는 자신을 합리화시키는 것에 지나지 않는다.

상처의 회복에는 인내와 수용뿐만 아니라 그 이상의 것이 필요하다. 바로 적극적인 자세와 내 힘으로 반드시 변화시키겠다는 단단한 마음가짐이다. 그렇지 않으면 헤어나지 못하는 파괴적인 상황에 빠져들게 된다. 상처를 제대로 치유하기 위해서는 시간에 맡기겠다는 태도와 직접 나서서 부딪쳐보겠다는 태도 중 하나를 선택하는 것이 아니라 이 두 가지를 모두 구체화해야 한다. 우리가 신체적으로나 감정적으로 상처받았을 때 자연적인 치유가 되기 위해서는 기다리는 인내심이 필요하고, 그런 과정을 이뤄내기 위해서는 의도적인 책임감을 가지고 자신의 몫을 해내야 한다.

부부간의 일에서는 더욱 그렇다. 위기에 대처하다 보면 삶을 완전히 바꾸어야 하는 상황에 놓이기도 한다. 그런데 그러기가 쉽지 않다. 게다가 위험천만한 일이다. 그래서 우리는 미지의 무언가를 향해 발을 내딛는 모험보다 이미 알고 있는 것을 부여잡고 싶은 마음이 더 클지 모른다.

그럼에도 모험을 감행하려면 부부 관계에 변화가 생기기를 바라는 마음과 몸소 실천하겠다는 의지가 필요하다. 그리고 '이 모든 것은 내 책임이야' 하고 선뜻 받아들이는 각오도 필요하다. 물론 이런다고 해서 반드시 다 잘되는 것은 아니다. 하지만 더 잘될 가능성이 커지는 것은 분명하다.

책임을 스스로 떠안으면 자신이 진정 바라고 필요로 하는 것이 무엇인지 명확하게 파악할 수 있다. 우리 삶에 대한 구상이 선명해지면 이전까지 어떤 것을 선택할지 고민했던 것들을 더욱 확실하게 인식할 수 있게 된다.

부부 사이에 문제가 많아도 별다른 노력 없이 그대로 살아가는 사람들이 허다하다. 그 이유를 물어보면 '아이들 때문에', '경제적으로 뾰족한 수가 없어서', '배우자 없이 혼자되는 것이 두려워서', '부모와 친구들의 반대를 무릅쓰기 힘들어서'라는 대답이 대다수다. 그들 중 많은 사람들이 시간이 가면 어느 정도 좋아지리라 희망한다. 하지만 마냥 기다리다 보면 결혼은 덫이고 자신은 희생양이 되었다는 생각에 이른다. 결국 무기력감과 무능함에 괴로워하고 울분을 터뜨린다. 이런 마음가짐에서 벗어나려면 문제를 해결하려는 적극적인 자세가 필요하다. 자신이 진짜로 바꾸고 싶은 것이 무엇인지, 어떤 변화가 생기기를 바라는지를 자문해야 한다.

　불만족스럽고 심란한 것들이 마음속에 차곡차곡 쌓일 때 모른 척한다고 없어지지 않는다. 문제를 해결할 수 있는 일에 관심을 갖고 노력하는 편이 훨씬 더 사태를 호전시킨다. 생각을 이렇게 바꾸면 이제껏 우리를 힘들게 했던 잘못된 행태에서 벗어날 수 있다. 이때 우리 자신의 역량을 강화하기 위해 무엇이 필요한지를 짚어봐야 한다. 그래야 스스로 좀 더 훌륭한 배우자로 거듭날 수 있다. 무엇보다 배우자가 먼저 변해야 내가 바라는 바를 이룰 수 있다는 생각에서 벗어나야 한다. 내 쪽에서 먼저 변하지 않고, 배우자가 나서야 겨우 맞장구치듯이 반응을 보인다면 무력감만 커질 뿐이다.

　관계 개선을 위해 내가 할 수 있는 일에 집중하면 배우자의 단점을 뜯어보던 그동안의 행태에서 벗어나게 된다. 자연스럽게 행동도 예전과 달라진다. 어디 그뿐이랴. 어느 순간부터 기분이 달라진다. 울화가 치밀거나 체념 상태에 빠지지 않고 활기를 되찾게 된다.

　당신이 적극적으로 나서서 노력하는 입장이 되면 배우자는 두 가지 중 하나의 반응을 보일 것이다. 긍정적인 반응을 보이거나 무반응을 보이거나! 사실 제대로 변화하기 위해서는 시간이 어느 정도 흘러야 하므로 배우자가 갑자기 180도 변하기를 기대하지 않는 것이 좋다. 설령 배우자가 바뀌지 않더라도 당신이 기울여온 노력을 중단하지 마라. 몇 주 혹은 몇 달이 지나고 나면 자연스럽게 이대로 살지, 그만둘지에 대한 답이 분명해질 것이기 때문이다. 명심해야 할 점은 이런 가능성도 당신이 할 일을 제대로 했을 경우에 작동한다는 것이다. 이런 명확한 답을 얻기까지는 모든 노력을 쏟아야 한다. 별다른 노력도 하지 않고 이제 우리에게 변화가 생기겠지 하며 손 놓고 기다려서는 안 된다.

모든 과정을 거치다 보면 좋은 결과에 이르기도 하지만, 반대로 부부의 인연을 그만 끊어야겠다는 결론에 이를 수도 있다. 노력했는데도 부부 사이가 순탄치 않다면 때로는 그 모습 그대로 끝내야 한다. 관계를 정리해야 된다고 느낄 때는 엄청난 두려움이 생긴다. 그래서 그동안 악순환을 거듭하던 행태를 고수하려 든다. 하지만 당신이 완전히 망가지지 않고 예전의 모습을 되찾기 위해서는 과감히 결단을 내려야 한다. 상실의 아픔을 각오해야 한다는 말이다.

어쨌든 부부가 문제 해결에 있어서 각자의 몫을 제대로 해내면 관계 개선의 가능성은 상당히 커진다. 물론 부부간에 어느 정도의 손상은 감안해야 한다. 그렇더라도 그 결과는 아무도 장담할 수 없다. 부부의 연을 맺었지만 사실은 잘못된 짝인 경우도 더러 있다. 마지막이 어떻게 될지는 아무도 모른다.

혹시 헤어지는 것으로 결론이 나더라도 너무 속상해하지는 말자. 그동안 노력하여 부부 사이가 그나마 호전되고, 부부 각자의 삶이 좀 더 안정을 찾았다면 이 또한 하나의 성공이라고 할 수 있다. 서로 갈라서게 되었더라도, 아무런 노력이 없어 후회막급인 것보다는 관계 호전을 위해 최선을 다했다는 것이 중요하다.

부부가 서로의 목표를 조정해서 결실을 거둔다면 앞으로 의기투합해서 잘 살 수 있고, 진정한 동반자 관계로 나아갈 수 있다. 금실이 좋아지는 데는 시간의 역할이 물론 중요하다. 하지만 시간이 가기만 기다리고 있어서는 안 된다. 우리가 나름의 역할을 적극적으로 할 때 상황은 호전된다. 심지어 우리가 기대한 것보다 더 대단하게, 더 큰 기쁨으로 다가올 수도 있다. 자, 이제 결정은 당신에게 달려 있다. 새로운 모험에 뛰어들 마음의 준비가 되었는가?

과거를
다 털어놓아야
믿음이
생긴다

인간관계에서 어디까지 투명하게 밝혀야 '올바른' 것인지 정해놓은 법칙은 없다. 대체로 '더 많이' 밝히면 좋겠지만, 그렇다고 '남김없이' 또는 '절대적으로 다'라는 뜻은 아니다. 배우자에게 과거를 어디까지 밝히느냐 하는 문제는 각자 판단할 일이다. 부부가 서로 합의해서 모두 흡족할 만한 수준으로 정하면 된다.

우선, 결혼해서 한 사람의 배우자가 된 당신부터 자문해보라.

"지난 일들 또는 지금 겪고 있는 일들을 밝혀서 우리가 얻으려 하는 것은 무엇인가?"

이때 얻고자 하는 것을 확실히 해두고 나서, 이와 관련이 있거나 없는 것을 결정하는 것은 부부가 알아서 하면 된다. 가령, 가볍게 쇼핑하고 오는 일을 미주알고주알 다 알릴 필요는 없다. 하지만 예상보다 세 시간이나 늦게 귀가할 때는 그동안 어디에 있다 왔는지 물어볼 수 있다.

배우자의 지난 일들을 알고 싶은 마음은 자연스러운 것이다. 그러나 혼자 간직하고 싶은 것은 그렇게 할 자유도 있다. 그리고 부부가 되기 한참 전의 일들 못지않게 부부로 사는 지금 겪고 있는 일들을 밝히는 것도 중요하다. 그러려면 부부 각자가 자기성찰과 자기인식을 제대로 해야 한다. 특히 지금 이 순간의 경험을 확실하게 표현하는 것은 서로에게 유대감을 갖는 데 반드시 필요하다. 배우자의 행동이나 말 때문에 마음에 상처를 입었거나 매우 행복한 느낌이 드는데도 이를 감추다 보면 부부 사이에 금이 생길 수도 있다.

지난 일을 털어놓는 것은 정직성과 투명성과도 직결된다. 솔직하게 털어놓다 보면 서로에 대한 신뢰감과 존중심이 깊어지고, 서로에게 더 충실하고 싶어진다.

이때 어느 정도의 관련성과 비중으로 밝힐지는 오롯이 부부가 합의하여 결정할 몫이다. 서로의 생각이 일치하지 않을 때는 좀 더 신중하게 다루어야 한다. 이런 경우에는 더 많이 털어놓기를 바라는 배우자의 의견을 존중하는 것이 상책이다.

신뢰 관계를 만든답시고 지난 시절에 겪었던 당혹스럽고 수치스러웠던 경험까지 고백할 필요는 없다. 그런데도 이런 고백을 감행한다면 자신의 과거를 밝히는 것을 일종의 참회로 여기면서, 배우자에게 용서받고자 하는 바람을 드러낸 것일 수도 있다. 이런 의도라면 배우자에게 자신의 속마음을 밝히는 게 바람직하다.

과거의 일을 털어놓다 보면 서로의 마음속에 여러 감정이 솟구쳐 매우 힘들어질 수도 있다. 그리고 말을 들어주는 일도 쉽지 않다. 예를 들어 배우자에게서 "어제 당신이 예전 애인하고 인사를 나눌 때 질투가 났어"라는 말을 들을 때 어떻게 반응해야 할지 쉽지 않다.

이런 과정을 거치면서 신뢰감을 쌓아가려면 주고받은 말의 내용을 감당하기 위해 시간이 필요하다. 자기인식 능력도 필요하고, 서로를 믿고 의지하면서 버팀목이 되어줄 수 있는 것을 진심으로 감사해야 한다. 허심탄회하게 털어놓다 보면 마음이 편안해지고 든든해지며 서로에 대한 애정도 깊어질 것이다. 그리고 내 본연의 모습과 두려워하는 것들, 단점들을 배우자가 있는 그대로 봐주고 받아주는구나 하는 마음에 한시름 놓게 될 것이다. 그 후에는 어떤 주제라도 거리낌 없이 말할 수 있다. 다른 사람들의 기대에 부응하기 위해 진심을 가리고 가면을 써야 한다는 부담에서도 놓여난다. 그리하여 '배우자가 내 원래 모습을 알면 나를 사랑하지 않을 거야'와 같은 걱정을 훌훌 떨치게 된다. 이 모든 것들을 다 누릴 수 있게 되다니, 얼마나 대단한 일인가!

두 사람이 예전 일들을 다 털어놓기로 합의를 보면 새로운 세계가 열린다. 그러나 이 신세계는 하룻밤 사이에 뚝딱 세워지지 않는다. 천천히, 서서히, 사랑하는 마음으로 인내하는 가운데 조금씩 만들어진다.

이 세계에 들어가기 위해서는 배우자를 향해 마음을 활짝 열어두어야 한다. 배우자를 받아들이겠다는 진정 어린 마음과 어느 정도의 상처는 감내하겠다는 각오도 필요하다. 서로에게 정직하고 충실하겠다는 마음가짐도 가져야 한다. 어쩌면 너무 부담스럽게 느껴질 수도 있다. 하지만 돌아오는 혜택이 얼마나 대단한지를 생각한다면 이 정도 수고쯤은 감당하게 될 것이다.

헌신과
자유는
상호 배타적이다

●◁◇◇◇◇◇◇

사랑하는 배우자라도 헌신해야 한
다고 생각하면 두려움이 생긴다.
이런 헌신 공포증은 헌신을 하려면
자유를 아예 포기해야 한다는 잘
못된 생각에서 비롯된다. 한 번 부
부를 맺으면 다시는 빠져나올 수도
없고, 덫에 걸린 신세가 된다며 이
제 자유는 물 건너갔다고 생각하게
된다.

　그렇다면 자유와 헌신은 서로 배
타적인 것일까? 둘 중 하나만 선택

해야 하는 것일까? 그렇지 않다. 사이좋은 부부가 되려면 이 둘을 반드시 다 취해야 한다.

우선, '자유'의 뜻을 제대로 알 필요가 있다. 자유란 우리가 원하는 것을 이루기 위해 어떠한 구속도 받지 않는 것을 가리킨다. 이런 자유를 갖는다는 것은 자신이 선택하고 싶은 것을 실제로 선택하는 능력이 있음을 의미한다. 이때 능력이 있다는 것이 실제로 그 능력을 행사하여 희망사항을 현실에서 모두 다 이룬다는 뜻은 아니다. 대부분의 성인들은 선택에 뒤따르는 결과나 자신의 행동에 대한 결과를 곰곰이 생각해보고, 대개 자신의 삶이 더 좋아지는 쪽으로 결정을 내린다.

우리는 자유가 주어지지 않을수록 금지된 것을 갈망하는 마음이 더 생긴다. 우리가 늘 다이어트에 실패하는 이유도 여기에 있다. 음식을 먹는 기쁨을 스스로 제한한 경우에도 박탈감이 생기고, 선택의 자유가 줄었다는 생각에 울분이 치밀어 오른다.

우리는 자유를 빼앗아간 사람에게 반감을 표시하는 경향이 있다. 설령 그 사람이 자기 자신이라 해도 그렇다. 부부 사이도 마찬가지다. 결혼하고 나서 배우자로 인해 내 자유가 제한받는다고 생각하면 울분과 반항심이 충동적으로 생긴다. 결국 헌신하고 싶은 마음이 옅어질 수밖에 없다.

자유와 헌신이라는 두 가지 보물을 다 얻지 못한다면 부부 사이가 돈독해질 수 없다. 동반자 관계에서 기본적으로 필요한 요소는 관계의 성실성이다. 때로는 배우자가 필요로 하고 원하는 것들을 당신의 입장보다 더 중요시해야 한다. 동시에 당신 자신의 모습을 유지하면서 스스로 필요한 것에도 소홀함 없이 두루 챙겨야 한다. 많은 사람들이 행복한 결혼생활을 위해 현실적으로 무엇이 필요한가에 대해서는 간과한다.

부부 쌍방을 다 위하는 관계로까지 나아가는 것은 결코 쉬운 일이 아니다. 이것이 얼마나 힘든지를 안다면 결혼하겠다고 마음먹는 예비 부부의 수는 현저히 줄어들 것이다. 결혼은 사랑하는 사람과 함께 살아가는 기쁨과 행복을 제대로 경험하게 해준다. 하지만 그 기쁨을 누리려면 얼마나 많은 노력이 따라야 하는지 알고 시작하는 사람은 많지 않다.

헌신과 자유의 화합의 춤은 두 사람이 서로 마음을 활짝 열고, 그 어디에서도 찾아보기 힘든 막강한 친밀감을 보여준다. 이때의 친밀감이란 상대를 통제하려는 과도한 집착이 아니라 제대로 된 친밀감이다. 이 춤이 조화롭기 위해서는 춤추는 두 사람 사이에 연결성도 필요하고, 따로따로인 개별성도 필요하다. 다시 말해 어느 정도는 자기 자신을 유지하면서 어느 정도는 내어주려는 마음이 요구된다.

부부 관계가 성숙해지면 그로 인한 기쁨과 행복이 얼마나 큰지를 알게 되고, 배우자에게 우리 자신을 내어준다는 것이 눈물겨운 희생이 아니라 귀중한 축복임을 깨닫게 된다.

헌신과 자유를 가지고 '따로 똑같이' 추는 이 춤은 부부에게 엄청난 선물을 준다. 그것은 파트너인 배우자가 나를 있는 그대로 봐주고 인정해준다는 것이다. 배우자가 나를 사랑하고 받아주면 나도 자신을 이것저것 안 따지고 무조건 사랑하게 된다. 그러면 타인의 인정을 꼭 받아야만 한다는 부담감에서 벗어나게 된다.

헌신과 자유는 결코 상호 배타적이지 않다. 오히려 헌신과 자유는 동전의 양면처럼 상호 의존적이다. 당신이 이 사실을 제대로 깨닫게 된다면 그 상호성에 대해 다시는 의심하는 일이 없을 것이다.

최선의
방어가
최선의
공격이다

내가 약속을 지키지 못하면 린다는
이런저런 불평을 쏟아냈다. 그럴
때마다 나는 항상 이런 말로 대응
하곤 했다.

"진정해."

"그만 흥분 좀 가라앉혀."

"너무 스트레스 받지 마."

"별일도 아닌데 그렇게까지 신경
쓰지 마."

"그게 뭐 대단한 일이라고."

돌이켜보면 이런 적이 한두 번이

아니었다. 공항 갈 시간을 제때 맞추지 못했고, 귀갓길에 마트에 들르겠다고 하고서 깜빡했고, 저녁식사 약속을 해놓고 딴 약속을 잡기도 했다.

린다는 나 때문에 실망하고 기분 상하는 것을 몹시 싫어했다. 그에 못지않게 나는 린다가 투덜대는 소리를 듣기 싫어했다. 비록 그 잔소리들이 내 불찰 때문이더라도 일을 망쳤다고 야단맞는 것 같아 영 못마땅했다. 물론 나는 린다의 잔소리와 불평이 당연하다고는 생각했다. 나의 실수 때문에 모든 사달이 났다는 것도 잘 알고 있었다. 린다가 실망스럽다고 할 때의 심정도 충분히 이해했다.

그럼에도 불구하고 내가 그에 걸맞은 반응을 보이는 게 내키지 않았다. 내 잘못을 시인하면 되는데 그러지 못했다. 그래서 늘 내 행동을 합리화하거나 변명하려 들었다. 잘못을 책임지겠다는 마음은 꽁꽁 숨겨두고 그냥저냥 넘어가기 일쑤였다. 나는 늘 방어적인 태도를 보였고, 린다에게는 대수롭지 않은 일에 너무 호들갑을 떤다고 말하곤 했다.

평소 나는 최선의 방어가 최선의 공격이라고 믿었다. 그래서 내 잘못에 린다가 예민하게 나오면 오히려 예민한 행동을 자책하게 만들어 수세에 몰린 내 상황을 뒤집으려고 했다. 작전이 먹혀서 린다가 애먹을 때가 많았다. 물론 내가 늘 이런 식이라는 걸

린다는 뻔히 알고 있었다. 내가 책임을 회피하고 어떻게든 빠져나가는 것을 말이다. 하지만 그 후 나는 뼈저리게 깨달았다. 내 작전은 축구나 야구에서는 통할지 몰라도, 부부 관계에서는 처참한 결과만 남긴다는 것을!

내가 이런 깨달음을 얻기까지는 상당히 많은 시간이 걸렸다. 어쨌든 깨달음을 얻은 뒤에 내가 내린 결론은 이랬다. 부부가 합의한 일들 중 몇 가지는 매우 중요해서 반드시 지켜야 하고, 또 다른 몇 가지는 지키지 않아도 되는 게 아니라는 것! 모든 게 다 중요하고 반드시 지켜져야 한다는 것! 약속해놓고 제대로 못 지켰다고 바로 나쁜 사람이 되는 것은 아니다. 하지만 일이 어긋날 때마다 그 결과를 염두에 두어야 한다.

합의사항을 제대로 지키지 못했을 때의 여파는 당장 그때만으로 그치지 않는다. 그 여파는 부부 관계를 밑바닥까지 흔들어놓기도 한다. 배우자 한 사람이 늘 약속을 안 지키고 합의사항을 무시한다면 상대 배우자는 자신이 존중받지 못한다고 느낄 수밖에 없다. 결국 부부 사이의 신뢰감은 큰 타격을 입게 된다. 당하는 쪽에 있는 배우자는 '우리가 합의한 것들보다 늘 다른 게 우선이라면 당신한테 난 중요한 존재가 아닌 거지' 하는 생각이 마음속에 자리 잡게 될 것이다.

내가 린다에게 한 방 먹이는 식의 노선을 계속 취했더니 또 다른 복병이 나타났다. 내가 린다를 자책하게 만들자 그녀는 이러다 이혼을 하겠구나 싶어 말수를 줄여갔다. 자신이 어떤 심정인지 말하는 것을 포기해버린 것이다. 문제는 마음속 감정을 자꾸 모른 척하면 언젠가는 울화가 치민다는 것이다. 이런 울화조차 표현하지 않고 계속 쌓아가다 보면 결국 다른 식으로 터지게 된다. 예컨대 생트집을 잡거나, 요리조리 비꼬거나, 무조건 비판하거나, 수동적인 저항으로 되레 상대를 공격하는 것이다. 싸우지 않으려고 최소한으로만 상대 탓을 하고 넘어갔지만, 오히려 이것이 화근이 되어 서로 대놓고 싸우는 처지가 되는 셈이다.

부부 사이의 일은 그 어떤 사소한 일이라도 다 중요하다. 만약 당신이 습관적으로 지각하고, 자기 입장을 두둔하면서 방어적인 자세로 일관하고, 자기 탓이 아니라고 발뺌하고, 약속해놓은 것을 잘 지키지 않는 사람이라면 이런 습관에서 벗어나기가 정말로 힘들다고 생각할 것이다. 하지만 이 모든 것을 다 겪어낸 사람의 말을 믿고 일단 노력해보길 바란다. 이제부터라도 이런 습관에서 벗어나겠다고 자신과 약속하고 노력을 기울이다 보면 이 일도 해볼 만하다고 느낄 것이다. 이렇게 자신과의 약속을 지키기 시작하면 다른 사람과의 약속은 더 잘 지키게 될 것이다.

사이좋은 부부는 애써서 되는 게 아니다

⬤◇◇◇◇◇◇

"부부 사이가 좋아지는 일이 왜 이리 힘들까요? 서로 사랑하고 있는데 좀 더 수월할 수는 없나요?"

부부들이 종종 묻는 질문이다. 사실 나도 여러 번 같은 질문을 했었다.

100년쯤 전에 시인 라이너 마리아 릴케는 《젊은 시인에게 보내는 편지》라는 책에서 다음과 같이 썼다.

"내가 아닌 타인을 사랑하는 것이 인간으로서 우리가 지켜야 할 많은 의무사항 중 가장 하기 힘든 일이다."

누군가를 사랑하는 일이 이토록 어려운 것임은 예나 지금이나 마찬가진가 보다. 하지만 릴케의 말도 '사랑하는 일'이 왜 그리 힘든지에 대해서는 답이 되지 못한다. 왜 그리 안간힘을 써서 지키려 하는지에 대해서도 답이 되지 못한다.

사랑을 유지하기 위해 서로 노력해야 한다는 걸 알고 있어도 힘들 때는 종종 흔들린다. 부부 사이, 혹은 나 자신, 아니면 배우자에게 문제가 있어서 자꾸 일이 틀어진다는 생각이 들기 때문이다. 이런 생각의 바탕에는 부부 사이가 좋아지도록 노력하는 대신 회피하려는 온갖 변명이 자리하고 있다.

"내가 원래 훌륭한 배우자감은 아니야."

"상처를 많이 받아서 그런지 당신도 이미 마음이 떠난 것 같아."

"우리는 천생배필이 아닌 것 같아."

"이런 상황에서 노력해봤자 무슨 소용이 있겠어?"

"이쯤에서 관계를 정리하는 게 나아."

이렇게 말로 내뱉는 선에서 그치지 않고, 실제로 관계를 청산하는 부부도 많다. 그들은 또 다른 누군가를 찾으면 지금과 달라질 거라고 생각한다. 물론 이번에는 한동안 다른 모습을 보일 테지만 결국에는 비슷해진다. 이번 관계에서도 예전에 애먹었던 노력을 반복하게 되는 것이다.

이 '다람쥐 쳇바퀴'를 다시 돌리기 위해 지금의 배우자와 헤어지거나 이혼할 사람은 없을 것이다. 이 모든 과정은 한 사람과 살면서도 얼마든지 해낼 수 있다. 물론 신선한 재미는 없을 것이다. 더욱이 한 사람과 계속 산다고 해서 그렇지 않은 경우보다 더 큰 행복이 보장되는 것은 아니다. 설령 그 누구와도 같은 일을 반복하지 않겠다고 다짐해도, 예전에 남녀 관계 혹은 부부 관계에서 겪었던 고통을 다른 인간관계에서도 맞닥뜨릴 수 있다. 우리의 소망과 달리, 인간이란 본래 서로 의지하며 살 수밖에 없는 존재들이기 때문이다.

결국 우리의 운명은 이 '다람쥐 쳇바퀴' 돌리는 수고를 중단할 수 없다. 따라서 어느 날 갑자기 철이 들어 우리가 해야 할 소임을 확실히 깨닫는다면 꾀부리지 않고 열심히 힘쓰게 될 것이다.

그렇다면 우리가 해야 할 그 소임이란 무엇일까? 그 답은 다음과 같다.

🌑 우리 자신의 행복과 안녕에 대한 책임이 본인에게 있음을 인정한다. 현재 상황에 대한 책임이 자신에게 있으며, 삶의 질을 바꿀 수 있는 능력이 내 안에 있음을 받아들인다.

♣ 이제부터 잘잘못에 다른 사람들을 끌어들이는 생각을 벗어 버린다. 우리 기분이 좋아지는 것도, 나빠지는 것도 다른 사람 탓으로 돌렸던 생각들을 모두 걷어낸다.

♣ 우리에게 실망과 낙담, 상처와 배신감을 안겨준 모든 사람들을 용서한다.

♣ 어리석게 행동하고, 매정하게 굴고, 현명하지 못한 선택을 해왔던 우리 자신을 용서한다.

♣ 지금보다 좀 더 열린 마음가짐과 태도로 산다. 또한, 자신을 안전하게 잘 지키며 돌본다.

♣ 우리 자신이 훌륭한 품성을 가질 수 있도록 스스로 갈고 닦는다.

♣ 배우자의 모습이 지금 아무리 추해 보여도 원래 그 정도까지는 아니었음을 잊지 않는다. 또한, 우리 자신이 아무리 떳떳하다고 해도 티끌 하나 없이 완벽한 사람은 아니라는 것을 명심한다.

♣ 자신의 가치관을 돌아보고, 중요하게 여기는 것을 잘 지키는지 점검한다. 진심으로 소중하게 여기는 것을 정직하게 인정한다.

♣ 타인에 대한 원망이나 자기 연민으로 가득 찬 마음을 타인

을 이해하는 공감 능력과 연민의 정으로 바꾸도록 노력한다.

🔹 이제라도 우리가 관계 개선에 필요한 소임이 뭔지를 깨달은 것에 감사하고, 이 일을 제대로 하기로 결심한 것에도 감사하게 생각한다. 또한, 좀 더 사랑을 베풀려고 노력하는 사람이 나 말고도 많다는 사실에 고마워한다.

🔹 인내심을 최대한 발휘한다. 이 일은 단지 몇 주, 몇 달이 아니라 평생 해야 하는 일임을 자신에게 상기시킨다. 한 번 제대로 해내는 것으로 충분하지 않고 노력을 계속해서 이어나가는 것 자체가 보상임을 깨닫는다.

사이좋은 부부가 되기 위해 이렇듯 애써야 하는 이유를 정확히 아는 것은 중요하다. 그보다 더 중요한 것은 이런 노력을 기울이는 사람들이 한두 명이 아니라는 사실이다. 많은 사람들이 우리와 똑같은 입장이다. 그런데 당신이 이 노력의 여정에 나서지 않는다면 얼마나 많은 사람들이 이렇게 열심인지를 알 수 없을 것이다.

무언가를 원할 때 지불한 액수만큼 얻는다는 말이 있다. 하지만 훌륭한 부부 관계를 유지하려면 얻으려는 것보다 훨씬 더 많은 것을 지불해야 한다. 이렇듯 고비용의 '선입금'을 할지 말지는 당신의 선택에 달려 있다.

"그게 해야 해서 하는 게 아니라 살다 보니 저절로 하게 되더군요."

이것은 아내 린다가 즐겨 한 말이다.

아마 당신은 이미 발을 깊숙이 들여놓았음을 깨닫고 이 선택을 하게 될 것이다.

좋은 남자,
좋은 여자는
원래 다
짝이 있다

●◇◇◇◇◇

훌륭한 짝을 만나 좋은 관계를 이루기 위해서는 아주 힘든 과정을 거쳐야 한다. 짝을 찾기 위해 노력하고 시련을 겪는 것은 당연한 일이다. 당신과 잘 어울리는 사람, 당신이 발전하도록 도와줄 사람, 상황이 힘들어져도 내던지고 떠나지 않을 사람, 역경과 고난을 함께 꿋꿋이 이겨낼 사람! 이런 사람을 찾는 것은 절대로 쉬운 일이 아니다.

그런데 '임자'를 만나기 위해 치

러야 할 어려움이 이렇다면 굳이 나서서 힘든 과정을 다 겪을 필요가 있을까? 짝 없이 지내는 게 훨씬 더 편안하고, 스트레스도 덜 받지 않을까? 이 세상에 내 짝이 될 만한 사람이 없는 것 같고, 좋은 관계를 이어갈 만한 사람도 없어 보이는데, 도대체 왜 헛수고를 해야 할까?

많은 사람들이 이런 생각을 두둔한다. 타인과 감정적으로 엮일 수 있는 위험과 부담을 덜고, 거절당하거나 실망하게 될 가능성을 아예 만들지 않을 수 있기 때문이다. 이런 생각까지 하게 된 데는 몇 가지 이유가 있다. 우리 나이가 어느 정도 찼고, 진지한 관계로 발전되어도 좋을 배우자 후보감들은 이미 다 임자가 있고, 그들을 제외한 사람들은 별로 호감이 가지 않거나 사기꾼들이라는 생각이 깔려 있는 것이다.

이런 입장을 취하는 사람들은 자신의 생각에 타당성을 부여하려고 한다. 그래서 동감을 표시하는 사람들로부터 '증거'를 수집하고, 자신의 생각이 틀림없다고 확신하기에 이른다. 결국 짝을 찾을 가망이 없다고 결론 내리고, 누군가와 마음을 주고받는 일을 회피하는 자신의 모습을 정당화한다. 새로운 관계를 맺기 위해 굳이 모험을 하려 들지 않고 편하고 안전한 길을 선택한다. 이제 로맨스가 있을 자리에 친구라는 인맥이 대신 들어서고, 그들과 함께 위로와 동정을 주고받으며 서로를 다독이는 관계를 형성한다.

홀륭한 자격을 갖추고 있고, 기품이 넘치고, 기다린 보람이 있고, 여러 가지 조건을 다 만족시킬 만한 미래의 짝은 이 세상 어딘가에 분명히 존재한다. 당신이 사는 곳이 시골이든 도시든, 나이가 적든 많든, 가요를 좋아하든 클래식을 좋아하든 당신과 동반자 관계가 될 사람들이 있다. 단, 당신이 그 짝을 찾으려면 몇 가지 조건이 필요하다.

♣ 관계를 맺으면 따라오는 모험을 무릅쓸 각오가 필요하다.
♣ 당신이 꿈에 그리던 짝을 찾으려고만 하지 말고, 당신이 먼저 그렇게 되어보려고 노력해야 한다.
♣ 짝을 찾기 위해 많은 후보자들을 만나야 하더라도 힘들어하지 말고 끝까지 잘 버텨야 한다.
♣ 대화를 나눌 수 있는 사람을 잘 찾아야 한다. 친구들의 비관적인 말에는 귀 기울이지 말고, 연륜 있는 사람들의 말을 귀담아들어야 한다.
♣ 더욱더 사랑을 베풀고, 믿고 신뢰할 만한 사람이 되기 위해 노력해야 한다.

♣ 자신이 그런 조건들을 감수하며 미래의 짝을 찾을 때까지 버티게 해줄 인내심과 믿음이 필요하다.

서로
부딪쳐봤자
좋을 게
하나도 없다

부부 사이의 갈등이 여러 해 동안
이어지고 깊어지는 데는 그럴 만
한 이유가 있다. 서로 다른 점들이
있는데 그대로 방치하기 때문이다.
이 상태에서 받게 되는 신체적, 정
신적, 정서적 스트레스가 상당하
다. 많은 부부들이 서로의 차이를
확인하면 다투게 된다고 생각해 피
하는 게 상책이라고 여긴다. 분명
히 입장이 다른데도 모른 척하고
만다. 이런 방식은 단기적인 효과

는 볼 수 있지만, 장기적으로는 오히려 마음에 상처가 생길 가능성이 크다. 만약 이런 작전을 밀고 나간다면 매우 참담한 결과와 맞닥뜨릴 수 있다.

서로의 차이들을 제대로 다루지 않고 슬슬 넘어가게 되면 억눌렸던 감정들이 다른 여러 감정들로 변질된다. 예를 들어 울화가 치밀어 오르거나, 좌절감이 쌓이거나, 배우자에 대한 감정이 시들해지거나, 우울증이 생기거나, 혹은 이보다 더 나쁜 감정들이 생길 수 있다. 그런데도 서로의 차이를 모른 척하려는 것은 관계를 망가뜨리고 싶지 않은 마음이 깔려 있기 때문이다.

부부가 부딪쳐야 할 일이 있으면 부딪쳐야 한다. 서로 다른 차이점이 있다면 두려워하지 말고 짚고 넘어가야 한다. 단, "내 사전에 타협이란 없어"와 같은 강경한 태도는 상처만 남기므로 피해야 한다. 그런데 피해도 별 도움이 안 된다면 어떻게 해야 할까? 다행스럽게도 자기 의견만 내세우거나 아예 꼬리를 내리는 식의 극단적인 선택만 있는 것은 아니다. 제3의 가능성인 이른바 '의식적 충돌'이 있다. 의식적 충돌은 평범한 부부싸움인 '다툼'과 확실한 차이가 있다. 다툼과 의식적 충돌의 차이점을 정리하면 다음과 같다.

의식적 충돌은 단순한 다툼보다 서로에게 훨씬 더 흡족한 결과

♠ 다툼과 의식적 충돌은 어떤 차이가 있을까?

다툼	의식적 충돌
서로를 적으로 인식한다.	서로를 도전자로 인식한다.
눈앞의 적을 무너뜨릴 작정이다.	쌍방이 만족하는 결과를 얻고자 한다.
순전히 차이점에만 집중한다.	둘이 공유하는 관심거리에 집중한다.
윽박지르고 교묘하게 조종하여 자신에게 유리하게 만든다.	마음을 터놓고 진솔한 태도로 소통한다.
차이에 대해 옳고 그름을 따지고 비판한다.	차이를 인정하고 받아들일 용의를 보인다.
상대방을 이해시키고 합의하도록 만들려고 한다.	상대방의 관점을 어떻게든 이해해보려고 한다.
자신의 말을 상대방이 듣게 만들려고 한다.	상대방의 말에 귀 기울이려고 노력한다.
자신의 입장을 감싸고 보호하려 든다.	상대방과 유대관계를 형성하려고 한다.
아무 말도 못하게 그저 억누르려고 한다.	무슨 말이든 다 하게 해주려고 한다.
감추려고 한다.	드러내려고 한다.

를 만들어낼 가능성이 크다. 그럼에도 이렇게 해보기가 쉽지 않다. 자신의 입장을 방어하는 일종의 갑옷을 두르고 있다가 벗어던지는 것이 위험하고 무모해 보이기 때문이다. 하지만 배우자가 비집고 들어올 수 있게 마음을 열고 경계심을 푼다면 의외로 큰 효과를 거둘 수 있다. 방어와 공격이 아니라 화해의 장으로 이끌어갈 수 있는 것이다.

물론 나약한 마음으로는 어림도 없다. 스스로를 내려놓고 무장 해제하려는 용기가 필요하다. 마음을 다해 의식적 충돌의 제반 요소들을 직접 실천해보겠다는 각오로 노력해야 한다. 의식적 충돌의 기술을 자신의 것으로 만들고 나면 충돌을 조정할 수 있는 경지에 오를 수 있다. 엄청난 혜택이 아닐 수 없다.

감정들을 마음속에 켜켜이 쌓아두다가 앙심이 생기는 지경까지 치닫게 하지 말자. 부부가 서로 다른 점에 대해 솔직한 심정을 밝히다 보면 각자에게 무엇이 중요하고 부족한지, 왜 자꾸 충돌이 생기는지를 깨닫게 된다. 제대로 소통하면서 속마음을 표현하고 받아들이면 서로의 차이를 좀 더 수월하게 조정하고, 서로의 관심사와 욕구, 요구사항들을 허심탄회하게 나눌 수 있다. 이쯤에 이르면 서로에 대한 이해가 깊어지면서 오히려 고마운 마음이 생긴다.

의식적 충돌을 실천할 때는 감정이 많이 누적되어 있지 않은 간단한 일부터 시작하는 게 좋다. 이때에도 역시 인내심을 유지하도록 노력해야 한다.

새로운 태도를 취해 지금의 안타까운 상황에서 벗어나겠다는 마음만 가지고는 아무런 변화를 가져오지 못할 수도 있다. 그것이 즉각적인 것이든 영구적인 것이든 말이다. 그렇더라도 이런 결심이 하나의 전환점이 될 수 있다. 이를 계기로 끈기 있는 인내심과 치열한 목적의식을 가지고 애쓰다 보면 좋은 결과를 얻게 된다.

부부가 서로 마음을 열고 살기 위해서는 한 잔 가득 찰 정도의 이해심과 한 통 가득 찰 만큼의 사랑과, 바다를 메울 만큼의 인내심이 필요하다고 한다. 그만큼 무한한 인내심을 발휘해야 한다는 말이다.

사랑은
한결같아야
진정한
사랑이다

●◇×××××

아이들이 어릴 때였던 몇 년 전, 남편 찰리와 나는 비슷한 상황에 맞닥뜨릴 때가 많았다. 나는 늘 찰리와 같이 있고 싶어 했고, 찰리는 내게만 집중할 수 없는 상황이었다. 나는 찰리와 함께 있어도 같이 있다고 느껴지지 않았다. 우리는 서로의 차이를 조정하는 방법을 몰랐고, 한없이 서툴렀다. 그렇게 삐걱거리다가 결국 다툼으로 이어질 때가 많았다.

다툼은 찰리가 막 출장을 다녀왔을 때 가장 심했다. 당시에 남편은 일주일 내내 집을 비우는 출장이 잦았다. 찰리 없이 혼자 지내다 보면 나는 기진맥진해지기 일쑤였고, 그가 돌아오기만을 손꼽아 기다렸다.

그런데 집에 돌아온 찰리는 녹초가 되어 나와 유대감을 나눌 여유가 없었다. 그는 출장 내내 하루 14시간씩 강행군을 하며 수십 명의 사람들을 만났고, 거의 탈진 상태로 집에 돌아왔다. 다음 출장까지 집에서 컨디션을 회복할 수 있는 시간은 고작 24시간 정도였다.

밖에서 사람들에게 시달린 찰리는 집에 오면 조용히 혼자 있고 싶어 했다. 하지만 나는 오랜만에 집에 온 남편과 같이 있고 싶었다. 우리의 바람은 서로 번번이 어긋났다. 나는 남편과 떨어져 지내는 시간보다 집에 같이 있을 때 진정으로 함께하지 못하는 시간이 더 괴로웠다. 남편과 유대감을 나누지 못하다 보니, 나와 함께하기를 원하지 않는다는 의심까지 생겼다.

남편의 잦은 출장은 우리 둘에게 오랫동안 고통을 안겨주었다. 급기야 나는 남편이 돌아올 때를 두려워하기에 이르렀다. 찰리가 일을 계속하는 한 사정이 좋아질 희망은 없어 보였다. 그때 찰리는 일을 그만둘 생각이 없다고 분명히 밝힌 상태였다.

우리 부부의 문제는 단지 찰리가 출장으로 집을 왔다 갔다 하는 데 있지 않았다. 둘 다 똑같이 느끼는 좌절과 고민의 감정을 극복하지 못하는 것이 진짜 문제였다. 며칠 동안 서로 떨어져 있다 보면 소홀해지고 유대감이 약해지는데, 그 관계를 회복하지 못하고 쩔쩔매는 우리 자신이 문제였다.

찰리 _ 저는 출장을 다녀오면 아이들과 한바탕 뒹굴며 놀아줘야 했어요. 그렇게 아이들과 시간을 보낸 후에야 아내 곁으로 갈 수 있었죠. 그때까지 린다는 제가 아이들 차지가 되도록 한발 물러서서 우아하게 기다려주었어요.

린다 _ 전 아이들이 일주일이나 아빠 얼굴을 못 봤기 때문에 아빠와 함께 뒹굴면서 놀고 싶은 마음을 충분히 이해했어요. 그러면서도 마음 한구석에서는 '내 차례는 언제 올까?', '난 왜 늘 꼴찌지?' 하는 서운한 마음이 생겼죠. 그래도 엄마가 아이들한테 성질을 낼 수는 없는 일이니까 마음속으로만 힘들어했어요. 결국 제 마음속의 갈등은 찰리와 저 사이에 한바탕 난리가 나는 걸로 끝나곤 했죠.

찰리 _ 저는 정말 이러지도 저러지도 못하는 상황이었어요. 저는 진심으로 아내와 함께 있길 바랐고, 아내가 불행해하는 모습을 보고 싶지 않았어요. 하지만 사람들을 만나 일을 하려면 머리를 식히는 시간이 필요했어요. 그러면서도 린다와 함께해주지 못하는 것에 죄책감이 들었고, 제가 마음이 넓지 못한 것에 화가 났어요. 그런다고 문제가 나아지는 것도 아닌데 말이죠.

린다 _ 우리 둘 다 마음이 복잡했던 것 같아요. 서로 사랑하는 마음이 분명히 있었는데도 자꾸 희미해지는 것처럼 느꼈거든요. 제가 정말로 두려웠던 것은 남편과 유대감이 끊어지고 있다는 느낌이 드는 거였어요. 두려움이 커지면서 점점 더 까다롭게 굴었고, 툭하면 화를 내는 지경에 이르렀죠. 제가 봐도 제 꼴이 말이 아니었어요. 그런 상황에서 어떻게 찰리가 제 심정을 이해할 수 있었겠어요?

찰리 _ 린다가 그럴 때 저도 똑같이 굴었기 때문에 할 말이 없어요. 화를 벌컥 내고, 가당치도 않은 말로 아내의 입을 막으려 들었죠. 저 역시 볼썽사납기는 마찬가지였어요. 그러던 어느 날 서로 진심으로 속내를 털어놓았고, 그때부터 우리 관계는 달라졌어요.

자세한 이야기는 다음과 같다.

찰리 : (막 집 안으로 들어오며) 여보, 나 왔어. 애들아, 잘 있었니? 아빠 왔다!

린다 : (애들과 씨름하며 노는 찰리에게) 지금까지 어디 있었어? 당신 비행기는 3시간 전에 도착했다는데……

찰리 : (방어적인 태도로) 짐 찾는 데 시간이 많이 걸렸어. 공항을 빠져나올 때 차도 엄청 막혔고……. 정말 힘들었다고. 그리고 출장비 보고서를 작성해야 해서 사무실에 잠깐 들렀어. 앞으로 2주 동안은 작성할 틈이 없을 거 같아서 말이야.

린다 : 아이들하고 놀아줄 시간도 있고, 보고서 작성할 시간도 내면서 나한테는 왜 그래? 난 일주일 내내 혼자서 모든 걸 감당했다고! 당신은 화요일 이후로 전화 한 통도 안 했잖아! 대체 나랑 왜 결혼했어? (울먹이며) 정말로 날 사랑하기는 하는 거야?

찰리 : (끙 소리를 내며) 아니 그게 아니라…….

린다 : 거 봐! 당신은 날 사랑한단 말을 못하잖아. 사랑이 식은 거잖아(우는 소리가 더 격해진다).

찰리 : 여보, 잠깐만! 당신 질문에 대답해도 돼?

린다 : 무슨 말을 하려고?

찰리 : 내가 당신을 사랑하는지 아닌지 물었잖아.

린다 : 무슨 말 할지 뻔해. 당신이 아무 말도 못할 때 다 알았어!

찰리 : 제발 나에게도 말할 기회를 줘!

린다 : 그래, 알았어. 뭐라고 말할 건데?

찰리 : 난 진심으로 당신을 사랑해. 하지만 이렇게 싸우는 게 정말 싫어. 이렇게 싸울 때는 당신에 대한 사랑이 안 느껴진단 말이야. 나도 당신하고 싸울 때는 상처받고 화나고 겁이 나서 기분이 엉망 진창이 돼. 그래서 내가 당신을 분명히 사랑하는데도 이상하게 그 감정이 희미하게 느껴져. 내가 당신을 사랑하느냐고? 당연하지. 당신이랑 언제나 함께하고 싶고, 다른 데 눈 돌릴 생각은 전혀 없어. 나한테 항상 당신을 정말로 깊이 사랑하느냐고 묻는다면 솔직히 항상 그런 건 아니야. 안 좋은 감정이 들 때 당신이 내 사랑을 확인하려고 하면 당신이 듣고 싶은 말을 해줄 수가 없어. 진심으로 그렇게 사랑한다고 느껴지지도 않아. 그렇다고 해서 당신에 대한 사랑이 없어진 건 아니야. 가끔 내 생각이 딴 데 쏠려서 사랑을 제대로 느끼지 못할 때도 있지만, 잠시 그때뿐이야. 아무리 그래도 내가 당신을 사랑하는 마음은 변함이 없어. 내가 무슨 말을 하는지 이해하겠어? 내 말 믿는 거지?

린다 : 솔직히 말해줘서 고마워. 우리가 싸우는 게 너무 싫은데, 나

만 그런 게 아니라니 다행이야. 당신하고 유대감이 사라진 거 같아 심란해지니까 꼴불견이 된 것 같아. 그런데도 내가 문제 있다고 생각하지 않아줘서 고마워. 하지만 나도 어쩔 도리가 없어. 내 인생에서 가장 중요한 건 우리 부부 사이거든. 우리가 뭔가 안 맞는 것 같으면 꼭 지옥에 있는 기분이야. 그러다 다시 잘 맞으면 천국 같고 말이야.

우리가 배우자를 사랑한다 해도 살다 보면 상대방의 사랑과 동일한 깊이로 느껴지지 않을 때가 있다. 헤아릴 수 없을 정도로 많은 요소들이 우리가 느끼는 사랑의 깊이에 영향을 미친다. 이런 사실을 이해하면 한동안 사랑의 감정이 희석되었던 우리 자신과 배우자를 용서할 수 있는 참을성과 신뢰감이 생긴다.

아이러니하게도 사랑의 마음이 시들거나 사라질 수 있음을 인정하는 순간, 사랑의 감정이 다시 활활 타오르게 된다.

사랑이라는 감정은 참으로 묘해서 늘 일관되지 않더라도, 심지어 사랑의 존재를 거의 느끼지 못할 때도, 사랑은 더 깊어지고 일편단심일 수 있다. 우리가 자신과 배우자에게 진심 어린 마음으로 대할수록 부부 사이의 사랑은 확고해진다. 우리가 진실된 사랑을 믿으면 배우자의 마음속에 있는 사랑을 믿게 되고, 그 사랑

을 받을 자격이 있다고 확신하게 된다. 그러면 그동안 가졌던 의
심과 불안이 서서히 사라질 것이다.

날 정말 사랑한다면 일일이 말하지 않아도 알고 있어야 한다

●◇◇◇◇◇

누구나 부부 사이에서는 배우자가 내 본심을 헤아려주기를 기대한다. 그리고 배우자가 그렇게 못해줄 때는 상처받고 화를 낸다. 남한테는 그런 기대를 하지 않지만 배우자에게는 기대한다. 물론 표현하지 않아도 배우자가 속내를 알아준다면 마음에 큰 위로가 될 것이다. 그러나 배우자에게 이런 기대를 하면 '난감한' 상황이 빚어지기 쉽다.

다음의 내용은 캐런과 피터 부

부가 나눈 대화를 재구성한 것이다. 두 사람의 대화는 부부 중 어느 한쪽, 혹은 쌍방이 상대방의 기대치에 부응하지 못했을 때 빚어지는 마찰을 아주 잘 보여준다.

피터 : 별일 없어?

캐런 : 웬일로 그런 걸 물어? 당신, 나한테 관심 없잖아?

피터 : 무슨 말이야? 내가 왜 관심이 없어? 도대체 왜 그래?

캐런 : 나 오늘 병원에 검사받으러 간 거 알지?

피터 : 그래, 알아. 어떻게 됐어?

캐런 : 내 일이 진짜 궁금하긴 한 거야? 어떻게 됐는지 전화해서 묻지도 않았잖아. 내가 얼마나 마음 졸이고 있는지 뻔히 알면서……

피터 : 아까 전화했어. 근데 당신이랑 통화가 안 돼서 메시지 남겼잖아.

캐런 : 맞아. 한 번 했지. 메시지는 달랑 한 줄이고, 전화는 딱 한 통밖에 안 했잖아. 진짜 내 일이 궁금했으면 나중에라도 다시 전화했을 거야. 오늘 당신이 얼마나 필요했는지 알아? 그런데 당신은 옆에 있어주지 않았어. 당신이 가장 필요한 순간에 난 당신한테 의지할 수 없었어(울기 시작한다).

피터 : (화를 내며) 당신한테 관심 없다고 느끼게 만든 건 미안해. 그런데 난 당신이 뭘 바라는지 모르겠어. 당신하고 연락하려고 나도 노력했어. 그 정도로 충분하지 않다는 거야, 응? (머리를 절레절레 흔들며 나가버린다.)

당신이 이런 상황에 처해본 적이 있다면 어떤 느낌인지 충분히 알 것이다. 어느 쪽에 서든 기분이 좋을 수가 없다. 비난하는 쪽은 배우자가 관심을 가져주지 않으니 사랑받지 못한다고 느낀다. 비난받는 쪽은 쩔쩔매면서 자기 입장을 두둔하거나 화를 내게 된다. 이런 일이 생기면 부부 사이의 갈등이 깊어지고, 어떤 경우에는 더 심각한 지경에 이르기도 한다. 게다가 일단 이런 일이 생기면 한두 번으로 그치지 않는 게 문제다.

이렇게 된 원인은 배우자한테 시시콜콜 말해주지 않아도 당연히 내 마음을 다 헤아려줄 것이라 기대하기 때문이다. 말하자면 '당신이 진정으로 날 사랑한다면 일일이 부탁하지 않아도 다 알아서 해줄 것이다'라는 심리가 깔려 있는 것이다.

그렇다면 배우자에게 시시콜콜 자신의 마음 상태나 상황을 말하지 않는 이유는 뭘까? 대개 배우자에게 약점을 잡히고 싶지 않거나 거절당하고 싶지 않아서다. 날 사랑한다면 당연히 해줄 일인데, 굳이 나서서 해달라고 했다가 관계가 어색해질 수 있다고 생각하는 것이다. 그리고 배우자가 그 기대를 저버리면 사랑을 의심하고, 속상해한다. 배우자가 나를 더 이상 사랑하지 않고 나를 기쁘게 해줄 마음이 없다고 생각하는 것이다.

하지만 배우자가 당신이 원하는 대로 반응을 보이지 않는 것은 여러 가지 이유가 있기 때문이다. 배우자가 사랑을 베풀 줄 몰라서 그런 게 아니다. 그 '여러' 이유에는 다음과 같은 사항들이 해당된다.

- 부부가 어떤 일을 할 때 어느 정도로 노력해야 하는지 그 기준이 서로 다를 수 있다.
- 만약 배우자가 당신의 입장이라면 지금 당신이 느끼는 것과 다르게 느낄 수도 있다.
- 배우자가 당신 입장이 되어 그때 자신이 원할 것 같은 것을 당신에게 해주었을 수 있다.
- 배우자가 다른 일로 바빠서 당신 일을 미처 챙기지 못했을 수 있다.
- 배우자가 더 이상 당신을 사랑하지 않아서일 수도 있다. 혹은 배우자도 그날따라 일이 안 풀려 힘들었거나, 당신이 원

하는 도움을 줄 형편이 아니었을 수도 있다.

또 어쩌면 당신이 배우자의 도움을 절실히 필요로 하는 그 순간에 배우자가 사랑의 감정을 못 느꼈을 수도 있다. 사랑의 감정은 언제나 일정한 것이 아니고, 다른 감정이나 생각들에 휘둘릴 때가 많기 때문이다. 물론 배우자가 항상 당신에게 소홀하고, 배려심도 없고, 냉담하게 군다면 당신을 전혀 염두에 두지 않았다고 의심할 수 있다. 그렇다고 해도 당신의 속마음을 못 읽어주었다는 이유만으로 사랑하지 않는다고 비난할 충분한 근거가 되지는 못한다.

배우자의 감정이 영 꺼림칙하다고 느껴질 때 비난하는 것보다 훨씬 더 효과적인 대처법들이 있다.

다시 말하지만 자신이 원하고 필요한 것을 배우자에게 조목조목 밝히지 않는 것은 약점을 잡히고 싶지 않아서 미리 방어를 하는 것이다. 특히 자신의 희망사항이나 요구사항들을 밝혀봤자 배우자가 들어주지 않을 거라는 우려가 앞설 때 더욱 그렇다. 그러느니 차라리 배우자가 내 속마음을 몰라주었을 때 비난하는 게 더 안전하다고 생각하는 것이다.

이젠 이런 잘못된 생각에서 벗어나야 한다. 본인이 원하는 것을 직접 밝혀야 한다. 이때 너무 뭉뚱그려서 말하면 안 된다. 구체적으로 말해줘야 배우자가 받아들일 때 공격받는 느낌이 덜하기 때문이다. 속마음을 몰라준다고 상처받지 말고, 상대를 비난하는 말투가 되지 않도록 조심하면서 희망사항을 말해보라. 당신이 겁먹고 예상했던 것보다 훨씬 더 좋은 결과를 얻게 될 것이다.

배우자가 들어주었으면 하는 당신의 소망에는 다음 요소들이 포함될 것이다.

- 배우자가 나에 대해 좀 더 잘 알아주고 인정해주기
- 정서적·육체적인 친밀도를 더 많이 보여주기
- 가끔은 혼자 홀가분하게 있게 해주기
- 나의 관심사와 생각에 더 많은 관심을 가져주고, 내가 하는 말에 더 많이 귀 기울여주기
- 집안일과 육아를 더 많이 분담해주기
- 배우자의 바깥일에 대해 좀 더 자세히 얘기해주기
- 재미있고 유쾌한 일을 함께 더 많이 해보기

이런 요소들은 배우자가 들어주지 않으면 난감해질 수 있는 요구사항 중 극히 일부이다. 수십 년을 같이 살아온 부부도 서로의 마음을 정확히 읽어내기는 어렵다. 그 정도까지 상대방을 속속들

이 알기란 불가능하다. 게다가 부부 사이에는 서로를 놀라게 할 여지가 항상 존재한다. 이때 잘난 척하다 헛발질을 하면 곤란하다. 사실이 아닐 수도 있는 일을 사실이라고 단정 짓는 것은 오만이다. 오만이라는 '독'에는 겸손이라는 '해독제'가 필요하다. 겸손하기 위해서는 상대방에게 빈틈을 보이고 자신의 감정에 솔직해질 줄 아는 용기가 필요하다.

사실 이 정도까지 하기가 쉽지 않다. 버겁게 느끼는 사람도 있을 것이다. 그런데 이 일을 제대로 해내는 사람에게는 그 전과 비교할 수 없을 정도의 큰 대가가 기다린다. 대부분의 경우, 우리의 속마음을 배우자에게 표현해도 우려할 만한 결과는 거의 생기지 않는다. 오히려 예상과 다른 결과가 생기면서 좀 더 마음의 여유를 갖게 된다. 물론 매우 기분 좋게 놀랄 일도 경험할 수 있다. 그러려면 일단 시도를 해야 한다. 직접 시도해보고 그 결과를 확인하길 바란다.

사랑은 지난날의 상처도 치료해준다

채드는 미란다가 꿈꾸던 이상적인 배우자의 조건을 다 갖춘 사람이었다. 똑똑했고, 경제적으로 안정되어 있었고, 잘생겼고, 운동선수 같은 다부진 몸을 가지고 있었고, 아이들과 고양이를 좋아했다. 그런데 미란다는 정확히는 모르지만 둘 사이에 뭔가 빠진 게 있다고 느꼈다. 그러다가 채드가 자신을 구속하는 것 같다고 불만을 제기했다.

하지만 채드는 구속은커녕 그녀

가 자유롭게 살기를 바란다고 주장했다. 그녀가 아무런 구속도 받지 않고 주도적으로 모든 일을 해나가길 바란다고도 했다. 그런데도 미란다는 뭔가 석연찮았다. 채드가 아무리 설득해도 미란다는 믿음이 가지 않았다.

그러던 어느 날 채드가 청혼을 했다. 미란다는 앞으로 내 뜻대로 살아가지 못하겠구나 하는 걱정이 생겼다. 결국 전문가를 찾아가 상담을 받기로 했다.

채드 _ 저는 미란다에게 지금 모습이 아닌 다른 모습으로 그녀를 바꿀 생각이 전혀 없다고 말했어요. 하지만 미란다는 계속 미심쩍어 했어요. 그럴 때마다 제가 그런 인간이 아니란 걸 증명할 수 있는 기회를 달라고 말했죠.

미란다 _ 저도 채드와 결혼하고 싶은 생각이 간절했어요. 하지만 한편으로는 너무 겁이 났어요. 구속받는다는 것에 제가 굉장히 예민하거든요. 어렸을 때부터 제 인생의 주인이 제가 아니라 부모님이라는 느낌이 들 때가 많았어요. 부모님의 기대가 너무 커서 늘 긴장하며 지냈던 것 같아요. 한 번 하지 말란 건 조금도 허용이 되지 않았고, 옷을 더럽혀서도 안 되고, 큰 소리로 떠드는 것도 안

113

되고, 성적도 A학점 이하로 떨어지면 안 됐어요.

그래서 저는 채드가 제 이런 걱정을 없애주고, '완벽한 아이'로 살아야 했던 지난날의 상처를 보상해주기를 바랐어요. 어린 시절 저를 숨 막히게 만들었던 불안과 스트레스를 채드가 다 해결해주기를 바랐죠.

지금은 제 기대 수준이 터무니없이 높아서 누구도 들어주기 힘들다는 걸 깨달았어요. 그동안 저는 채드한테 실망도 많이 하고, 화도 자주 냈어요. 채드가 저의 기대에 부응해주지 않는다고 생각했거든요. 하지만 지금은 채드 덕분에 현실을 직시하고 마음가짐도 바뀌었어요.

채드는 예전이나 지금이나 제가 힘들어하는 부분을 많이 덜어내도록 도와주었어요. 그는 결정할 일이 생기면 자기 혼자 독단으로 결정하지 않고 늘 제 의견을 물었어요. 채드는 예전에도 같은 모습이었는데, 그때는 제 마음이 그걸 알아볼 여유가 없었던 것 같아요. 제 인생이 구속받게 될까 봐 전전긍긍하고 있었기 때문이죠. 하지만 어느 날 깨달았어요. 제 인생에서 불안을 없애줄 사람은 채드가 아니라 바로 저 자신이라는 것을요.

채드 _ 미란다를 제가 크게 도와준 건 없어요. 다만 그녀가 본연의 자신을 찾고 그 모습대로 살아가도록 도와주고 싶었어요. 그래서 지금 미란다가 새로운 일에 도전하는 모습에 박수를 쳐주고 있어요. 특히 늘 함께 있을 순 없는데, 그럴 때 미란다 스스로 알아서 일을 처리하는 모습을 보면 너무 기뻐요.

미란다 _ 제가 어린 시절의 아픈 기억들에서 벗어나도록 채드가 구제해준 것은 아니에요. 하지만 제 방식대로 삶을 개척해나간다는 것이 무엇인지를 깨닫게 도와주고, 사랑과 격려를 쏟아주었어요. 저는 그 힘 덕분에 이렇게 획기적으로 달라졌어요.

어린 시절에 생긴 마음의 상처와 욕구들이 해소되지 않은 채로 성인이 되면 그 고통을 그대로 가지고 있게 된다. 이때 우리는 이런 고통에서 구제해줄 능력과 책임을 가진 존재가 바로 배우자라고 생각한다. 그래서 예전에는 한 번도 접해보지 못한 대단한 사랑을 배우자가 베풀어주기를 바란다. 치유와 확신과 구제, 그리고 무조건적인 포용을 다 갖춘 사랑, 즉 구원을 배우자에게 기대하는 것이다.

배우자가 정말로 그런 존재라면 우리의 육체뿐만 아니라 마음과 영혼이 치유될 것이다. 이런 배우자에게 구원받으면 우리 스스로 반듯해지고, 무가치하다고 여겼던 자아에 대한 의심과 불안, 수치감에서 자유로워질 것이다.

그래서 우리는 자기 자신에게 이런 주문을 건다.

"내가 지금까지 절실히 원해왔던 사랑, 내가 그동안 마땅히 받아야 했던 사랑을 이 사람이 베풀어줄 거야. 이 사랑을 받으면 지금까지 살면서 느낀 고통들이 모두 없어질 거야."

하지만 이런 기대는 비현실적이고, 충족될 수 없다. 게다가 비현실적인 사랑을 기대하다 보면 우리의 바람과는 판이하게 다른 현실을 직시하지 못하게 된다. 그 결과 사랑하는 사람의 실체와 마주했을 때 크게 실망하고 낙담하고 만다. 벅찬 마음으로 사랑을 시작했다가 그 관계를 만들어가는 과정에서 크나큰 좌절과 쓰라림을 맛보는 것이다. 나를 구원해주리라 철석같이 믿었던 그 사람은 이제 걷잡을 수 없을 정도의 고통만 안겨주는 존재로 전락하게 된다. 그는 그저 평범한 사람이기에 한결같고 무조건적인 사랑을 바라는 우리의 욕구를 채워줄 수 없는 것이다.

배우자의 구제를 바라는 대신 우리 자신의 매력이 무엇인지를 제대로 파악해야 한다. 우리의 매력에 집중하면 내재된 과거의 문제와 그로 인한 상처를 제대로 다룰 줄 알게 된다. 그러면 다른 사람에게서 사랑을 얻고자 스스로와 타협하려는 마음을 털어낼 수 있다. 타인을 통해 온전함과 안전함을 얻으려 하는 것은 치과 치료를 받지 않고 진통제만으로 치통을 없애려는 것과 같다. 일시적으로 고통을 줄일 수는 있지만 제대로 오랫동안 효험 있는 해결책은 못 된다는 말이다.

모든 문제의 근본 원인은 자신의 본모습을 회피하고 방치하는 데 있다. 특히 관심과 치유의 손길을 필요로 하는 우리 내면을 정직하게 들여다보려고 하지 않는 것이 문제다. 우리 본연의 모습을 철저히 인식하고, 온전한 개체로서 갖는 모든 특성을 제대로 파악해야만 우리의 문제를 해결할 수 있다. 그렇다고 해서 마음 저 깊은 곳에 꽁꽁 숨겨둔 밝히고 싶지 않은 비밀들까지 모조리 털어놓아야 한다는 것은 아니다. 우리의 본심을 스스로 정직하게 대면하고 인정해야 한다는 말이다. 그래야만 우리 안에 자리 잡은 상처가 치유될 수 있다.

어느 정도의 시간 동안 이 어려운 일을 해나가다 보면 감추고자 애써왔던 과거의 모습들이 선명히 드러나기 시작한다. 동시에 주변의 공감과 이해도 얻게 될 것이다. 우리 자신과 주변 사람들에게 이런 각성이 생겨나면 우리는 진정 오래된 상처로부터 자유로워질 것이다. 이러한 자유가 밑거름이 되면 사랑하는 사람과의 관계도 진정으로 서로를 위해주는 방향으로 발전하게 된다.

결혼했으니
이제
다시는
외롭지
않을 것이다

미라와 조엘은 20대 초반에 결혼
했다. 그로부터 30년이 흐른 뒤 자
신들이 겪은 사연을 우리 부부에게
들려주었다. 지금 그들은 장성한
자녀들을 두었고, 서로를 더욱 깊
이 사랑하는 행복한 결혼생활을 하
고 있다. 하지만 그들 역시 오랜 세
월 함께하며 힘든 시기가 있었다.
현실과 동떨어진 신념을 바꾸는 과
정은 굉장히 어려운 일이었다. 그
러나 그 과정에서 쏟아부은 노력과

시간은 충분한 가치가 있었다.

미라 _ 조엘과 처음 사랑에 빠졌을 때 그이 덕분에 그동안 불행하게 살았던 삶에서 벗어날 수 있겠다고 생각했어요. 이제 다시는 외롭지 않을 거라는 낭만적인 생각도 했죠. 저는 외동딸이었지만 부모님과 끈끈한 정이 없었어요. 어릴 때 주로 혼자 지내는 시간이 많았어요. 그래서 누군가 저를 알아봐 주고, 제 말을 들어주면 좋겠다고 생각했죠,

조엘 _ 저는 형제가 세 명이나 있었고, 집안 형편이 넉넉지 않아서 부모님까지 여섯 식구가 비좁은 아파트에서 살았어요. 제 개인생활이란 게 거의 불가능했죠. 결혼해서 미라와 함께 살면서 이제야말로 저를 위한 사적인 공간을 가질 수 있겠구나 생각했어요. 그런데 그런 저의 모습을 보면서 미라는 자신이 버림받는 건 아닌가 하며 불안해했어요. 이런 일로 신혼 초에 상당히 티격태격했지요.

미라 _ 조엘이 혼자만의 시간을 가질 때마다 저는 어린 시절 혼자 있으면서 느꼈던 고통이 되살아났어요. 제가 별 볼 일 없는 존재이고, 사랑받지 못하는 존재라는 옛날의 감정들이 마구 되살아난 거

예요. 그럴 땐 제가 네 살짜리 꼬마가 되어 늪에 빠진 느낌이었어요. 그 늪에서 아무런 희망도 없이 무기력하게 앉아있는 것 같았죠. 도와달라고 외쳐볼 엄두도 나지 않는 상태라고나 할까요. 제가 늪에서 빠져나오도록 밧줄을 내려줄 사람이 아무도 없는 것 같았어요. 그래서 그냥 가만히 고통스러워할 수밖에 없었죠.

조엘 _ 어느 날 저는 미라가 아무런 말도 하지 않고 저만치 혼자 떨어져서 지내고 있다는 것을 깨달았어요. 대개 그녀는 흐느끼면서 울고 있었어요. 그때 우리는 한 가지에 합의했어요. 그녀가 저와의 유대감이 필요할 때는 제게 말해주기로 말이에요. 미라는 자신이 힘들어질 때 제게 꼭 알려주겠다고 약속했어요. 그러면 그녀가 슬픔의 늪으로 빠지기 전에 제가 구해낼 수 있으니까요.

미라 _ 이 합의가 저한테는 하나의 전환점이 되었어요. 조엘이 제 입장을 알아줄 때까지 무기력하게 기다리지 않아도 되었거든요. 그때부터 저는 과거의 무시받는 아이가 아니라 진정한 성인으로서 그때그때 필요한 것을 해달라고 요청하기 시작했어요. 그리고 어린 시절의 제 고통과 외로움을 조엘이 없애줄 것이라는 철없는 생각도 접게 되었어요. 요즘 저는 동성 친구들과 어울리면서 많은 것들을 해소하고 있어요. 그러다 보니 조엘에게 저를 위해 이 모든 것을 다 해주어야 한다는 부담감을 주지 않게 되었죠. 제가 세상을 살아가기 위해 필요한 유대감을 조엘 한 사람이 다 감당하기에는 너무 컸다고 생각해요.

조엘 _ 미라는 제가 그녀를 구제해줄 거라는 생각에서 벗어나니까 오히려 과거의 슬픔이 많이 사라졌다고 했어요.

미라 _ 저는 주변 사람들과 교류하면서 버팀목이 되어줄 관계를 만들려고 오랫동안 노력했어요. 그래서 요즘은 그 암울한 늪에서 보내는 시간이 거의 없어요. 간혹 예전처럼 힘들어지는 것 같으면 조엘이나 친구들한테 적극적으로 도움을 요청해요. 그러면 언제 그랬냐는 듯이 괜찮아진답니다.

누군가의 지지를 받지 못하고 혼자라는 외로움을 느끼면 불신이 깊어진다. 그러면 더 든든하게 지켜주지 못했다며 배우자를 탓하는 마음도 커진다. 우리 대부분은 배우자가 우리의 전부이고, 우리의 요구를 다 들어줘야 한다고 믿는다. 하지만 그런 것들은 한 사람이 채워주기에는 불가능하다.

배우자 말고도 우리의 정서적 욕구를 채워줄 수 있는 방법들이 얼마든지 있다. 친구들과 어울리기, 손님을 초대해 저녁식사 함께하기, 합창단에 가입해 노래 부르기, 독서 동아리 활동하기, 볼링 동아리 활동하기, 댄스 동아리 활동하기, 타인에게 친절 베풀기, 지역사회를 위한 봉사 활동 등등.

삶의 여러 부분에 도전하여 최선을 다해보자. 우리가 몸담고 있는 곳을 좀 더 편안하고, 좀 더 개방적이고, 좀 더 친절하고, 좀 더 호의와 사랑을 베푸는 공간으로 만들어보자. 친구들과 우정을 쌓으면서 우리 스스로를 잘 돌보다 보면 긍정적인 마음가짐을 갖게 된다. 이런 마음은 사랑으로 맺어진 동반자 관계에 긍정적인 영향을 미친다. 개인적으로 필요한 것들과 대인관계에서 필요한 것들을 조달할 책임이 우리 자신에게 있다고 인정하면 어느 한 사람에게 책임 지우는 일에서 벗어나게 된다. 활기찬 지역사회의 일원이 되는 일은 동시에 가족과의 관계를 더욱 풍성하게 만든다.

우리가 공동체를 이루며 사는 것은 서로 도움을 주고받으며 교류하기 위해서다. 이때 우리는 서로 삶의 목적을 공유하게 된다. 우리가 개인을 떠나 다른 무언가에 집중하면 외로움으로 고통스러워하던 과거와 분명히 달라진다. 이런 변화를 우리에게 안겨줄 다양한 동아리 활동들이 있다. 그 구성원이 두 명이든 수천 명이든 상관없다. 서로 의지하고 열심히 헌신하는 것의 가치를 공유하면 외로움은 더 이상 설 자리가 없어진다. 이것이야말로 진정 서로를 위한 '윈윈 게임'이라고 할 수 있다.

헌신이란 무슨 일이 닥쳐도 함께하는 것이다

●◇◇◇◇◇◇◇

많은 사람들이 '헌신'에 대해 복합적인 감정을 갖는다. 헌신이라는 단어에는 '돌이킬 수 없음, 옭아맴, 영구적, 자유의 상실' 등의 의미가 함축되어 있다. '타인과 관련하여 정서적으로, 지적으로 극진하게 섬김'의 의미도 있다. 그래서 부부나 연인들에게 '헌신 공포증'이 생기는 것도 무리가 아니다.

물론 헌신과 관련하여 좀 더 긍정적인 정의도 있다. '맹세, 확신,

약속' 등이다. 이런 정의들 중 어느 쪽이든, 헌신은 우리 삶을 송두리째 바꿔놓는 강력한 도구라고 할 수 있다.

헌신이란 단순히 시간적인 영속성과 관련 있는 약속은 아니다. 오히려 헌신은 그 약속의 본질적 특성을 규정해준다. 헌신은 시간의 영역을 벗어나서 이루어지는 일이다. 우리의 헌신은 배우자와 함께 만들어가기로 합의한 관계의 유형을 규정한다. 그러므로 우리의 헌신에서는 다음과 같은 질문을 고려해볼 필요가 있다.

- 우리가 함께하면서 공유할 목적은 무엇인가?
- 우리의 미래에 대한 비전은 무엇인가?
- 우리가 혼자서는 이룰 수 없지만 서로 함께할 때 만들어낼 수 있는 것은 무엇인가?
- 우리 내면의 어떤 특징이 서로 함께 삶을 살아가기를 바라게 만드는가?
- 우리가 공유하는 희망사항들이 결실을 내기 위해 각자가 할 일은 무엇인가?
- 상황이 힘들어져도 우리 둘 다 끝까지 참고 버틸 의지를 가지고 있는가?

헌신이란 관계를 맺으면서 어쩔 수 없이 맞닥뜨리는 위기를 다 극복해가겠다는 합의로 볼 수 있다. 예컨대, 헌신을 하나의 그릇으로 본다면 이 그릇에 우리의 맹세를 담는다고 할 수 있다. 또, 헌신이란 하나의 상황 혹은 맥락인데, 이 맥락 안에 우리와 주변 사람들의 삶을 위한 엄청난 가능성들이 담겨 있다고 할 수 있다. 부부로서 두 사람이 가지는 목적도 이 그릇 속에 들어갈 수 있다. 이때 우리의 목적은 한편으로는 구체적이고 개인적이어서 친밀성과 자기발견일 수도 있고, 보편적이어서 서로가 공유하는 대의명분이나 정신적 전통과 같은 것일 수도 있다. 우리 모두는 헌신이라는 그릇에 어떤 내용물로 채울 것인지를 결정해야 한다.

스스로 헌신의 관계 속에 있는 존재임을 인식하면 헌신이 우리를 갑갑하게 한다고 느끼지 않는다. 마음 저 깊은 곳에서 헌신이 우러나올 때 두 사람은 진정 하나로 결합하게 된다.

결혼해서 살다 보면 의심도 생기고 어려움도 닥친다. 그 속에서 우리는 힘들어도 버티면서 살아가야 하는지, 그 정도로 가치있는 일인지 의문을 품게 된다. 서로에게 헌신하는 관계에서도 이런 의심을 품을 수 있다. 헌신하는 관계가 어떤 일이 닥치더라도 그 사람과 함께하겠다는 뜻은 아니기 때문이다.

당신이 배우자와 결혼한 이유는 평생 동안 감옥생활을 하기 위해서가 아니라 서로 비전을 공유하기 위해서다. 헌신이란 하나의 약속에 그치지 않고 그 이상을 뜻한다. 헌신은 하나의 체계 혹은 조직체로서의 특성을 갖는다. 그래서 헌신에는 다양한 기술과 특성들이 필요하고, 그것들을 구체적으로 발휘하고 실천해야 한다. 예를 들면 의사소통의 기술, 욕구에 대한 협의 기술, 서로 다른 점들을 제대로 다루는 능력, 고난이나 새로운 기회가 닥쳤을 때의 대응 능력 등이 필요하다.

서로 헌신하는 부부는 최악과 최선을 모두 경험한다. 뜨겁게 달아오르는 열정의 황홀함도 맛보고, 서로 바라는 바가 달라 고통도 맛본다. 관계 속에서 여러 과정을 거치다 보면 부부 사이가 틀어지는 때도 있지만, 열망이 더 깊어지고 서로 마음을 터놓는 단계로 나아가기도 한다.

어느 현자가 말했듯이 공짜 점심은 없다. 헌신하는 부부 관계는 아무런 수고 없이 공짜로 이루어지지 않는다. 이를 위해서는 용기와 책임, 상상력과 성실함이 필요하다.

진실을
말한다는 것은
마음속의
감정을 다
표현하는 것이다

●◇◇◇◇◇◇

<u>찰리</u> _ 신혼 초에 린다와 저는 화가
치밀 때 다스리는 나름의 방법이 있
었어요. 그것은 화나게 만든 사람에
게 대놓고 화를 내는 것이었죠. 그런
데 나중에 알고 보니 저의 두려움이
나 실망, 슬픔, 부끄러움 등을 분노
로 바꾸어서 린다에게 퍼부어도 된
다고 합리화시키고 있었더군요. 이
방법은 린다보다 더 노련하고 비난
도 잘하고 목소리도 큰 제가 늘 더
유리했어요. 제가 그 사실을 깨달을

때까지 린다는 너무 불리한 관계에 있었던 거죠.

린다 _ 찰리는 자신을 화나게 만든 사람에게 분통을 터뜨리는 건 아무 문제가 되지 않는다고 생각했어요. 게다가 감정을 표현하는 가장 좋은 방법은 직접 대놓고 하는 것이라고 생각하는 사람이었죠. 찰리의 집안이 원래 그런 분위기였거든요. 그래서 저한테도 직접 대놓고 화를 냈어요. 또, 저에 대한 비판이나 지적도 정당하다고 생각하는 것 같았어요. 저한테 얼굴에 '철판'을 좀 깔 필요가 있다고 말하기도 했어요. 다른 사람의 시선을 두려워하는 제 버릇을 뜯어고쳐야 한다고 했죠. 모두 저를 위한 지적이고 비판이라는 말에 설득당해서 한동안 그의 말에 동조했었답니다.

찰리 _ 정말 인정하기 싫지만, 당시에 저는 남을 괴롭히는 독불장군이었어요. 상대에게 벌을 주듯이 분노를 표출하는 재주는 감히 따라올 사람이 없을 정도였죠. 제가 쏟아붓는 비난에 꿋꿋이 견딜 수 있는 사람이 아무도 없었어요. 상대에게 윽박지르고 교묘하게 조종하는 기술은 혀를 내두를 정도였어요. 게다가 누군가의 험담을 시작하면 아무도 말릴 수 없었어요.

린다 _ 저는 찰리와 다른 분위기의 집안에서 자랐어요. 저는 어렸을 때, 어른한테 화를 내면 벌을 받았어요. 어떤 이유에서든 부모님께 대들거나 말대꾸를 할 수 없었어요. 그랬다가는 호된 벌을 받아야 했죠. 그래서 부모님의 심기를 건드릴 만한 감정은 아예 드러내지 않았어요.

찰리 _ 대학원에 다닐 때 린다와 저는 대면이론을 접했어요. 타인에게 부정적인 감정을 숨기지 않고 표현하는 것이 치료 효과가 탁월하다는 이론이었죠. 그때까지만 해도 린다와 저의 결혼생활은 서로에게 적의를 드러내면서 자신의 모든 것에는 최대한 방어적인 태도를 취하는 모습이었어요. 그때 대면이론을 접하면서 우리의 결혼생활이 정당성을 확보하게 되었죠.
그 후 저는 자기계발 워크숍에 관한 일을 직업으로 갖게 되었어요. 워크숍에서는 억눌린 감정들을 다 끄집어내 표현함으로써 감정을 순화시키는 '카타르시스' 작업이 기본 원칙이었어요.

린다 _ 찰리와 감정적으로 자주 접하다 보니 남편에게 맞서는 것에 대한 불안감이 차츰차츰 해소되었어요. 그래서 그가 윽박지르기 전에 제가 당당히 맞설 수 있게 되었죠. 제가 이렇게 바뀐 건 좋은 변화였어요. 하지만 우리가 겪고 있는 문제들의 올바른 해결책은 되지 못했어요. 우리가 서로 달라서 생기는 문제들은 해결할 수 없었거든요. 결혼생활이 계속 그렇게 굴러갔다면 결국 종지부를 찍었을 거예요.

다행히 찰리와 저는 훌륭한 전문가를 만나서 도움을 받았어요. 서로 진심을 털어놓고 상처받기 쉬운 속마음을 솔직하게 드러냈죠. 그래서 아픈 과거와 작별했고, 우리가 전혀 상상하지 못했던 신뢰감을 쌓아갈 수 있었어요.

《인간의 공격성Human Aggression》의 저자 러셀 진Russell Geen은 누군가에게 '울화통을 터뜨리는 것'이 화난 당사자의 심정을 가라앉혀주는 임시방편은 되지만, 분노의 감정 밑바닥에 자리한 적개심을 더 크게 증폭시키고, 급기야 상대에게 보복을 가하고 더 큰 화를 조성하는 결과를 초래할 수도 있다고 지적했다.

그에 따르면, 분노의 감정을 상대방에게 자주 표현하는 것이 폭력성을 줄이거나 격한 감정들을 중화시켜주지 않는다. 오히려 폭력성이 나타나지 않게 하는 사회적 억제력을 약화시킨다. 사람들은 대개 화가 나면 언어폭력도 행사한다. 또한, 화를 죄다 쏟아내고 나서 감정이 가라앉으면 불안과 죄의식에 시달린다. 결국 하나의 불쾌한 상태가 또 다른 불쾌한 상태로 바뀌었을 뿐 계속 나쁜 상태를 유지한다고 할 수 있다.

분통을 자주 터뜨리다 보면 화를 더 내면 내었지, 화를 다스려 냉정을 되찾게 되지는 않는다. 분통을 터뜨리거나 공격적으로 행동하면 화가 사라진다는 '카타르시스 가설'의 역효과가 입증되었음에도 불구하고 아직도 많은 사람들이 솔깃해한다. 사람들은 대개 두 가지의 선택지를 놓고 고민한다. 적개심을 표현하거나 그것을 꾹꾹 눌러 표현하지 않거나. 하지만 둘 다 갈등을 해소하지 못한다.

현명한 해결책은 적개심이나 비난, 험담 등을 하지 않고 자신의 감정을 솔직하게 밝힘으로써 화가 난 마음을 진정시키는 것이다. 즉 자신의 감정을 드러내되 승자와 패자의 관계가 아닌 쌍방이 흡족할 수 있는 결과가 나오도록 애써야 한다. 분노의 감정은 부인되어서도 안 되고, 억제되어서도 안 된다. 오히려 그것은 상대를 비난하거나 응징하려는 어떠한 의도를 배제한 상태에서 표현되어야 한다. 그러면 마음을 터놓고 서로를 배려하는 대화가 오갈 가능성이 커진다. 그 결과 미워하거나 오해하게 된 속사정에 대해 제대로 상의할 수 있게 된다.

무엇보다 상대를 공격하려 들지 말고 납득시키려는 태도가 필요하다. 분노로 인한 문제가 원만히 해결되면 죄의식이나 불안, 걱정 등의 감정이 심화되는 일은 없을 것이다.

찰리 _ 마침내 린다와 저는 어떻게 해야 감정적으로 더 솔직해지고 서로에게 마음을 열 수 있는지를 깨달았어요. 그제야 서로에게 예민하게 반응했던 태도를 누그러뜨리고 담담한 마음 상태로 소통할 수 있게 되었죠. 그 후에는 격렬한 언쟁으로 이어졌던 일들이 우리를 자극하지 않게 되었어요.

린다 _ 달라진 우리가 의견을 어떻게 조율하는지 잘 보여주는 예가 있어요. 찰리가 데이트 약속을 까먹었을 때가 있었어요. 그때 저는 화를 내지 않고 속마음을 솔직하게 털어놓았어요. 태도를 바꿨더니 엄청난 성과를 얻을 수 있었어요.

　다음은 그때의 일을 재구성한 것이다.

린다 : 당신이 약속을 잊어버리다니 정말 속상하고 실망스러워. 당신한테는 우리 약속이 그리 중요한 일이 아니었던 것 같아. 나한테는 큰 의미가 있는데 말이야. 우리 데이트가 나한테만 큰 의미가 있

133

는 것 같아서 기분이 좋지 않아.

찰리 : 미안해. 내가 깜박한 이유를 설명하고 싶지만 지금 당신이 듣고 싶은 말은 아닌 것 같아. 당신 심정이 어떤지 충분히 알겠어. 내가 정신을 딴 데 팔면 중요한 일도 잊어버리잖아. 물론 툭하면 잊어버리는 습관을 변명하려는 건 아니야. 당신을 실망시켜서 나도 내가 정말 한심해.

린다 : 당신이 그렇게 말해주니 기뻐. 하지만 우리 데이트가 당신한테도 중요한지 알고 싶어.

찰리 : 그 심정 충분히 이해해. 물론 내게도 우리 데이트는 정말 중요해. 당신만큼 나한테도 데이트가 필요해.

린다 : 당신이 그렇게 말해주니까 마음이 조금 풀리는 것 같아. 그런데 당신한테 내가 왜 필요한 거야?

찰리 : 음, 이런 얘기를 해본 적이 없어서 어색하네. 나에 대한 당신의 사랑에 확신이 필요해. 내가 요즘 어떤지 당신이 관심을 가졌으면 해. 특히 내가 자신감이 없어질 때 당신이 나를 인정해주고 있다는 느낌을 받고 싶어.

린다 : 당신한테 내가 꼭 필요한 사람이라고 말해줘서 고마워. 나도 당신처럼 그런 게 필요해. 지금 이 순간은 당신한테 존중받고 있고, 내가 중요한 사람인 것 같아서 기뻐.

찰리 : 나를 잘 참아줘서 고마워. 그리고 뭘 해야 하는지 잊어버리지 않도록 확인시켜주는 것도 고마워.

린다 : 천만에, 여보.

마음을 열고 자신의 속마음을 드러내는 것은 일종의 '무장해제'이다. 부부가 이 어려운 일을 해내면 서로에 대한 이해가 깊어지고 화해하게 될 가능성이 커진다. 당신의 목표가 이런 것이라면 한번 시도해보자. 아니면 평생 이대로 싸우면서 지내게 될 것이다. 어떤 선택이든 당신에게 달려 있다.

사랑은
결코
미안하다고
말하지
않는 것이다

●◆◇◇◇◇

살다 보면 부부 사이가 틀어지는
일이 종종 생긴다. 때로는 말실수도
하고, 배우자의 기분을 상하게도 만
든다. 별일도 아닌 일에 버럭 화를
내고, 돌아서면서 후회할 일들을 벌
이기도 한다. 아무리 조심해도 이런
상황은 불가피하다. 물론 그 횟수와
심각성을 최소화할 수 있도록 우리
는 부단히 노력해야 한다.

그런데 이미 일이 터져버렸다면
어떻게 해야 할까? 그런 상황에서

는 부부 사이가 더 나빠지지 않게 하는 것이 중요하다. 그러려면 이미 깨져버린 신뢰 관계를 회복하려는 노력이 필요하다.

때로는 미안하다는 사과 한마디로 관계가 회복될 수 있다. 반면에 그 이상의 노력을 해야 하는 경우도 있다. 진심을 다해 사과할 때는 상대방을 힘들게 한 것에 대해 후회하는 발언뿐만 아니라 그 이상이 필요하다. 물론 사과 자체만으로도 관계 회복을 위한 첫 단계로 훌륭하지만, 대체로 이런 말만으로 관계를 정상으로 되돌리기는 어렵다. 사과를 효과적으로 하기 위해서는 다음의 요소들을 두루 고려해야 한다.

♥ 의도

배우자와 대화를 시작할 때(혹은 그 직전부터) 자신의 의도를 명확히 파악하고 그 마음을 끝까지 유지해야 한다. 서로 말을 주고받다 보면 다시 마음이 격해지거나 다른 일들이 떠올라서 사과를 하려던 목적에서 벗어날 수도 있기 때문이다. 반드시 명심해야 할 것은 지금 하려는 일은 당신이 옳았다는 것을 증명하기 위함이 아니라, 오히려 배우자의 입장을 존중하는 태도를 보여야 한다는 것이다. 배우자의 마음이 어떠한지 귀 기울여 들을 준비가 되어 있어야 하고, 배우자를 진심으로 걱정하고 있음을 알게 해야 한다. 이런 태도를 확실히 보여줘야 배우자가 당신을 믿고 마음을 터놓게 된다.

인정

그동안 부부 사이가 나빠졌다는 것을 솔직하게 인정한다.

책임

관계가 틀어지게 된 데는 당신의 책임이 크다는 것을 인정한다. 그렇다고 해서 비난을 받아야 한다거나 전적으로 과실이 있다는 의미가 아니다. 단지 당신의 말과 행동이 부부 사이의 신뢰와 존중, 선의의 마음에 손상을 입혔을 수도 있음을 인정하는 것이다.

진심

진심을 다해 사과한다는 것은 사과하는 사람이 자신의 행동과 말로 빚어낸 잘못을 바로잡아 보겠다는 의지를 보여주는 것이다. 이때 사과는 솔직하고 진심 어린 말로 해야 한다. 물론 배우자의 감정을 교묘히 조종하려 들거나 윽박지르거나 속이려 해서는 안 된다.

▲ 잠자코 들어주기

사과의 말을 할 때는 최대한 자제심과 인내심을 발휘해야 한다. 배우자가 그동안 있었던 일에 대해 자신에게 유리한 상황으로 몰아갈 수도 있다. 이때 그것을 바로잡으려 하거나 트집을 잡지 않도록 조심해야 한다. 배우자는 당신에게 쏟아놓고 싶은 말이 아주 많을 것이다. 기억도 나지 않는 몇 년 전 일을 끄집어내고, 이번 문제와는 전혀 관계없는 것까지 다 얘기할지도 모른다. 이때 가장 필요로 하는 것이 인내심이다. 당신은 되도록 편안한 분위기를 만들어서 배우자가 하고 싶은 말을 다 할 수 있게 해야 한다. 당신의 모습을 보면서 배우자는 자신의 말을 진심을 다해 들어주려는 의도를 깨닫게 될 것이다.

침묵은 동의를 뜻하는 것이 아니다. 당신이 상대방과 논쟁을 하지 않는다는 것이 상대방과 같은 견해라는 의미는 아니기 때문이다. 당신이 잠자코 말을 들어주는 것은 배우자가 어떤 생각을 가지고 있는지 표현할 기회를 주는 것일 뿐 다른 의미는 없는 것이다.

▲ 호기심

배우자를 적대시하지 말고 오히려 궁금해하는 모습을 보여야 한다. 배우자에게는 부부 사이가 회복되기 위해서 당신이 꼭 해주길 바라는 것이 있을 것이다. 그것이 무엇인지를 제대로 파악해야 한다. 당신이 이미 알고 있다고 속단해서는 안 된다. 당신이 미처 알 수 없는 것을 배우자가 말해주지 않았다고 해도 실망하지 마라. 진심을 다해 배우자가 필요로 하는 것에 관심을 보이자. 배우자가 당신을 다시 신뢰하고 자신이 보살핌을 받고 있다고 느끼게 되면 자연스럽게 알려줄 것이다.

화해란 하나의 과정이지, 어떤 특별 행사나 이벤트가 아니다. 배우자에게 용서를 구할 때 너무 성급하게 굴어서는 안 된다. 만약 당신이 조급해져서 시간을 짧게 잡으면 배우자는 당신의 요구 사항이 하나 더 늘었다고 생각할 것이다. 배우자가 감정을 추스르고 평정심을 되찾기 위해서는 당신이 예상하는 것보다 훨씬 더 많은 시간이 필요할 수 있다.

틀어진 부부 사이를 좋게 만들려면 사과의 과정이 가장 중요하다. 그리고 사과하는 동안과 사과한 이후에 당신이 보여주는 태도가 중요하다. 말로 사과하는 것은 쉽다. 정말 중요하고 어려운 것은 행동이다. 행동을 어떻게 하느냐에 따라 사람의 본심이 드러나기 때문이다. 제대로 사과를 한다는 것은 당신이 한 말을 진심을 다해 행동으로 보여주는 것이다. 그동안 깨달은 바가 많고 이를 잘 수용하고 있음을 배우자에게 보여주어야 한다는 말이다.

사과하기가 처음에는 힘들다. 하지만 여러 번 하다 보면 나아진다. 우리에게는 이런 기회가 적지 않을 테니 조금씩 노력하면 된다. 그 기회들을 통해 배우자의 입장을 이해해주고 나의 속마음도 드러내면서 인내심을 갖고 헌신과 진심을 다하면 된다. 그러다 보면 사랑과 선의의 마음을 회복하게 되고, 부부 관계도 한층 더 돈독해질 것이다.

부부의 로맨스는
시간이 없으면
못할 수도
있다

제이슨과 캐럴린은 상당히 능력 있
는 부부이다. 제이슨은 투자은행가
이고, 캐럴린은 변호사이다. 그들에
게는 일곱 살, 다섯 살 난 두 딸이
있다. 제이슨과 캐럴린은 좋은 부모
가 되기 위해 육아의 책임을 함께
떠맡았다. 그리고 틈틈이 동네 체
육관에서 운동을 한다. 또 지역사회
의 모임과 이웃 모임도 몇 군데 가
입해 활동하고 있으며, 딸들의 학교
에서 봉사활동도 하고 있다. 그렇게

매일매일 일정이 꽉꽉 채워지다 보니 그들은 더 이상의 새로운 일을 할 여유도 없었고, 체력도 남아 있지 않았다.

그러다 보니 부부의 사랑을 확인할 여력도 없었다. 부부의 사랑은 그야말로 가장 홀대받는 아이 같은 꼴이었다. 부부의 로맨스는 거의 바닥 수준에 이르렀다. 밤에 침대에 쓰러지면 불 끌 힘조차 남아 있지 않았다. 그들이 한 달에 한 번이라도 잠자리를 같이한다면 기적이나 다름없었다. 물론 예전에는 이 정도까지는 아니었다.

제이슨 _ 아이들이 생기고 나서 완전히 달라졌어요. 우리 둘 다 아이들이 생기면 많은 변화가 있으리라 예상은 했어요. 하지만 이 정도일 줄은 몰랐어요. 가정을 꾸리면서 우리가 할 일을 제대로 해내기가 너무 버거워요.

캐럴린 _ 저는 원래 건강한 체질이어서 밤늦게까지 일해도 아침에 거뜬하게 일어났어요. 하루에 세 사람 몫은 충분히 해낼 정도였죠. 그래서 앞으로도 계속 그럴 거라고 생각했어요. 그런데 저의 착각이었어요. 우리 부부는 바깥일과 집안일로 이미 과부하가 걸렸는데, 다른 일까지 마구 보태졌어요. 어느 순간 제이슨과 저는 감당하지 못할 정도로 많은 짐을 지고 있다는 걸 깨달았어요. 그런데 어떤 것을 내려놓아야 할지 모르겠더라고요.

제이슨 _ 제가 어린 시절에 배운 것은 야채 한 접시를 깨끗이 비우고 나야 후식을 먹을 수 있다는 것이었어요. 제가 맡은 책임을 다한 뒤에야 재미있게 놀 자격이 생긴다고 배웠죠. 그런데 지금은 야채가 접시에 계속 쌓여가는데 제가 다 먹어치울 수가 없는 그런 상황이에요. 결국 놀 수 있는 여가 시간이 없어요. 요즘 일에 치여 살다 보니 너무 불행해요.

캐럴린 _ 저도 마찬가지예요. 우리 둘 다 최근 들어 삶의 재미가 없어졌어요. 특히 제가 더 심한 것 같아요. 예전에는 의욕이 흘러넘쳤는데 지금은 혼자 투덜거릴 때가 많아요. 아무에게나 푸념을 늘어놓을 때도 있어요. 지금 이 상태에서 벗어날 수 있는 어떤 조치가 필요하다고 생각해요. 하지만 어떻게 해야 할지, 무엇부터 손봐야 할지 도무지 모르겠어요.

결혼생활에서 부부의 금실은 가정이라는 커다란 바퀴의 중심축이다. 우리 삶의 여러 부분들은 이 중심축과 연결된 바퀴살로

비유할 수 있다. 바퀴살이 균형이 맞지 않아 틀어지면 만사가 순조롭지 않다. 스트레스를 대처하는 능력이 줄어들고, 조금이라도 힘든 일이 생기면 난공불락으로 여겨진다. 바퀴의 중심축이 튼튼하고 바퀴살의 균형이 잘 맞으면 아무리 힘든 일도 별것 아닌 듯이 느껴진다.

제이슨과 캐럴린은 지성과 동기 측면에서는 모자람이 없는 부부이다. 그런데 그들이 잘해내지 못한 것이 있다. 정작 자신들에게는 전혀 관심을 쏟지 못했다는 점이다. 물론 둘 사이의 부부 관계는 아무 문제가 없었다. 하지만 그들의 진짜 문제는 '틀어진 관계를 회복하는 일'이 아니라 둘의 관계에 시간과 에너지, 관심, 기쁨 등의 요소를 충분히 보태서 더 원만하고 행복한 사이로 바꾸는 것이었다. 그렇다면 이미 많은 일로 과부하 상태인 그들에게 하나를 더 추가할 수 있는 방법이 있을까? 이에 대한 해답은 이른바 '달력표시 치료법'이다.

달력표시 치료란 달력에 매주 한 번, 특정한 밤 혹은 오후 시간을 잡아 볼펜으로 표시를 하는 것이다. 물론 가끔은 하루 종일 부부 둘이서 오붓하게 있는 시간도 포함시킬 수 있다. 스마트폰으로 일정 관리를 하는 방법도 좋다. 비유하자면, 캐럴린과 제이슨은 '결혼'이라는 아이를 잘 키우기 위해 서로에게 관심을 쏟고 영

양분을 줄 수 있는 여유 시간이 필요했다. 부부만의 시간을 갖는 동안 두 딸은 믿을 만한 사람에게 잠시 맡기면 되었다.

달력표시 치료법이 효과를 보려면 부부의 낭만적인 만남을 하나의 스케줄로 잡고, 이것을 잘 실천해야 한다. 좋은 부부 금실을 유지하기 위해 할애하는 시간은 다른 시간들 못지않게 중요하게 여겨야 한다.

제이슨과 캐럴린이 이 '달력표시 치료법'을 받아들였지만, 부부가 처음부터 한마음이었던 것은 아니다. 제이슨이 처음부터 찬성하고 열성적인 태도를 보인 반면, 캐럴린은 망설이다가 반대 의견을 내놓았다. 계획을 잡고 인위적으로 노력하는 것보다 자연스러운 것이 더 좋겠다는 의견이었다. 하지만 제이슨은 이렇게 일정을 잡는다고 자연스러운 데이트를 완전히 차단하는 것이 아니라고 주장했다. 정기적으로 만나면 오히려 더 자연스러운 만남이 생길 가능성이 커진다고 캐럴린을 설득했다. 결국 캐럴린은 이 달력표시 치료법에 응했다. 그 결과는 어땠을까? 약속을 잡고 부부의 로맨스를 키워나가는 것이 너무 인위적이고 유쾌하지 않을 것이라던 그녀의 걱정은 완전히 기우였음이 밝혀졌다.

"일단 일정으로 잡고 시작해보니 너무 좋았어요. 그동안 집안일과 아이들 얘기, 돈 얘기를 빼고 우리 둘만의 시간을 가진 적이 없었어요. 둘이 오붓한 시간을 보낸 게 너무 오랜만이에요. 부부 사이를 재충전하면서 보내는 시간이 정말 좋았어요. 마치 목말라 죽을 지경이었다가 마침내 시원한 물을 오랫동안 들이켜게 된 기분이랄까요."

달력표시 치료법을 잘 따르기 위해서는 주변의 이런저런 일에 선을 긋고, 때로는 거절할 필요가 있다. 어느 정도의 대가는 따르겠지만 부부 금실을 위한 것이니만큼 너무 개의치 말자. 부부 금실을 최우선으로 삼는 것이 중요하다.

언제나
듣기 좋은
말만
해야 한다

●◇〰〰〰

자신에 대한 나쁜 이야기를 듣고 기분 좋을 사람은 없다. 아무리 완곡하게 표현해도 자신이 누군가에게 불쾌감을 주었다거나 약속을 안 지키는 사람이라는 말을 들으면 마음이 불편해진다. 또, 상대방을 언짢게 하거나 화나게 하는 말을 즐기는 사람도 거의 없다. 우리는 듣기 싫은 말을 하는 것에 거부감이 있다. 가는 말이 곱지 않으면 오는 말도 곱지 않을 것이라 믿기 때문이다.

남들에게 불쾌한 말을 듣지 않으려고 자꾸 차단하다 보면 손해를 보는 쪽은 자신이 되는 경우가 많다. 다른 사람들에게 우리가 어떻게 비치는지 알 수 없고, 그들이 어떤 평가를 내리는지 알 길이 없기 때문이다. 우리가 자신을 바라보는 모습과 타인이 내리는 평가는 일치하지 않을 때가 많다. 따라서 마음의 문을 열고 타인의 말에 귀 기울여서 우리를 어떻게 생각하고 있는지를 들어야 한다.

한편, 상대방이 우리에게 잘못한 일이 있을 때에는 그의 책임을 확실히 표현하는 동시에 우리 입장도 밝히는 것이 바람직하다. 몇 가지 예를 들어보자.

"우리가 함께하는 일을 끝까지 잘하기로 약속해놓고 당신이 깨뜨려서 참 많이 실망스러워요."

"당신이 약속 장소에 나타나지 않았을 때 무슨 큰일이 생긴 건 아닌지 걱정했어요."

"당신이 약속을 어긴 적이 많아서 당신 말을 신뢰할 수 없어요."

반대로, 우리가 상대방에게 잘못하는 상황도 각오해야 한다. 물론 내 사람이라고 믿고 있는 사람에게서 불신, 실망, 분노 등의 부정적인 표현을 듣는 것은 힘든 일이다. 그렇더라도 우리의 행동을 정당화하면서 상대에게 맞서서는 안 된다. 그러면 상대방은 우리가 그의 감정과 의견을 전혀 존중하지 않는다고 생각한다. 이런 일이 몇 번 반복되면 아예 자신의 감정이나 생각을 표현하지 않게 된다. 결국 둘 사이의 신뢰도는 추락하고, 서로에 대해 존중하는 마음도 사그라들고 만다.

그런데 상대방이 우리에게 품은 감정이 부당하고 잘못된 처사라고 생각한다면 잠자코 고분고분하게 있어서는 안 된다. 상대가 우리를 전혀 존중하지 않고 비난을 퍼붓는데도 참고만 있는 것은 어리석다. 그러므로 할 말은 제대로 하면서 상대에게 책임 소재를 분명히 해야 한다. 동시에 솔직한 감정을 전해주어야 문제 해결에 도움이 된다. 하지만 모든 사람이 이렇게 생각하는 것은 아니다. 상대가 원치도 반기지도 않을 때는 섣부르게 충고나 비난하는 말을 쏟아내지 않도록 조심해야 한다.

스콧 펙M. Scott Peck은 《끝나지 않은 길The Road Less Traveled》이라는 책에서 "상대방에게 제대로 맞서지 못하면 사랑도 할 수 없다"라고 했다. 그의 말이 여러모로 옳지만, 우리 대부분은 제대로 대응하지 못한다. 특히 감당하기 힘들 정도로 상대방이 나올 때는 우리 입장을 방어하는 데 급급해진다. 그것은 우리의 이미지를 지키고 싶은 욕구 때문이다. 우리 모습이 자기 자신에게나 타인에게 나쁘게 보이고 싶지 않은 것이다.

물론 상대방이 비난조의 말을 쏟아내면 우리 역시 격분하거나 상처 주는 말로 방어하게 된다. 어찌 보면 이것이 인지상정이다. 하지만 아무리 오는 말이 곱지 않아도 그렇게 대응해서는 안 된다.

우리가 적개심이나 비판적인 태도로 자기 입장을 방어하게 되면 상대방은 위축되어 더 이상 말을 하지 않거나 원래 의도보다 줄여서 말하게 된다. 그러면 상대방과의 대결에서 우리가 불리해진다. 말로 다 표현하지 못한 감정은 사라지지 않는 법이다. 겉으로 드러나지 않더라도 앙금으로 남아 있다가 불쑥불쑥 그 실체를 내보이게 될 것이다.

부부가 금전 문제나 자녀 문제, 시댁 혹은 처갓집 관련 얘기를 하다가 의견이 분분해지면 정작 중요한 핵심을 다루지 못하는 이유가 여기에 있다. 이런 이야기들의 밑바탕에는 해결되지 않은 권력이나 통제, 존중, 신뢰, 자유, 포용 등과 같은 더 중요한 요소가 잠복하고 있다.

서로 지키기로 합의해놓고도 지키지 않는다든지, 이해하고 관심을 기울여야 하는 관계인데 악감정이 생긴다든지 하는 문제는 그냥 넘어갈 일이 아니다. 마땅히 받아야 하는 이해와 관심을 받지 못해서 심적인 고통을 겪는다면 정말로 중요한 문제이다. 더욱이 이런 심적인 고통을 상대방이 코웃음치거나 업신여기는 경우라면 더 큰 문제로 번지게 된다.

우리가 속마음을 터놓고 배우자를 상대하기 위해서는 커다란 담력과 예민한 감수성이 필요하다. 단지 우리 생각을 솔직하게 털어놓는 선에서 그치지 않고, 배우자를 존중하고 배려해야 하기 때문이다. 이때 우리는 배우자를 탓하거나 비난하지 않도록 주의해야 한다. 물론 신경 써서 배려해도 배우자가 자기 입장만 두둔하면서 화를 낼 수도 있다. 하지만 계속해서 좋은 방향으로 대화를 이끌려고 노력하면 결국 배우자도 마음을 풀게 될 것이다. 자신이 진실이라고 믿는 것에만 매달리면 부부 관계의 진정성은 큰 타격을 입고, 결국 곤두박질치고 말 것이다.

다시 정리하면, 배우자에게 받아들이기 힘든 말을 건넬 때는 배려하는 태도와 함께 우리의 본심을 솔직하게 밝혀야 한다. 마찬가지로 배우자의 말을 들을 때에는 방어적인 태도를 버리고 열린 마음으로 들어야 한다. 이 두 가지만 지키면 부부 관계의 진정성과 서로에 대한 신뢰감은 더욱 깊어질 것이다.

배우자의 말을 듣는 동안 마음속에서 생기는 감정들을 다스리기 위해서는 인내심과 자제력이 필요하다. 이를 통해 부부가 함께 나아가는 길뿐만 아니라 각자가 걸어가는 삶의 방향도 더 나은 쪽으로 향할 것이다.

지난날의
문제는
덮고 가는 게
상책이다

●◦◦◦◦◦

어떤 일을 하다가 중도에 그만두었
는데 그 일을 다시 시작하지 말란
법은 없다. 부부 사이가 틀어져 있
을 때도 마찬가지다. 부부 사이에
벌어진 일이 아무리 오래된 것이라
도 다시 그 문제를 거론할 수 있다
는 말이다.

물론 과거의 문제를 다시 끄집어
내는 것이 쉬운 일은 아니다. 많은
사람들이 어느 정도 시간이 경과하
면 다시 접근할 수 없는 문제들이

있다고 생각한다. 부부 중 어느 한쪽이 과거의 문제를 거론하려고 하면 상대방이 만류하는 경우가 많다. 거의 대부분이 "그건 아주 오래전 일이야", "그 문제는 예전에 이야기해서 다 끝냈잖아", "지금 와서 다시 거론하기엔 너무 늦었어"라고 말한다. 이런 말들을 해석해보면 말하기 곤란하거나 불편한 상황을 피하고 싶다는 뜻이다. 그러나 이런 태도는 오히려 역효과만 불러온다. 해결되지 않은 문제를 자꾸 피하기만 하는 것은 이미 나빠져 있는 상황을 더욱더 어렵게 만들 뿐이다.

매우 사이좋은 부부들이 보여주는 공통점이 있다. 어떤 일에 대해 배우자 한쪽이 미진하다고 여기면 부부가 언제든 그 문제를 다시 거론해도 된다고 생각하는 것이다. 그것이 예전에 거론되었던 이야기든, 아주 오래 전에 있었던 일이든 상관없이 말이다. 제대로 해결되지 않은 문제를 그냥 덮어버리면 찝찝한 기분이 들수밖에 없다. 그것은 서로 대화를 통해 홀가분해질 수 있는 기회를 버리는 것과 같다.

우리가 과거 문제를 다시 다루려 하지 않는 이유는 마음이 불편해지는 것을 막으려는 일종의 자기 합리화이다. 고통이 따를지도 모르는 위험 상황을 피하려는 의도가 다분히 깔려 있다. 둘 사이에 심리적 마찰이 생기면 더 큰 위기가 닥칠지도 모른다. 서로에 대한 신뢰감과 존중하는 마음이 확 사그라들 수도 있다.

어떤 사람들은 아예 그런 얘기를 할 시간적인 여유가 없다고 말한다. 그런데 그들의 솔직한 속내를 묻는다면 이렇게 말할 것이다.

"나는 내 기분을 내 입으로 말하는 걸 가장 싫어해요. 그만큼 싫어하는 또 한 가지가 상대방의 기분이 어떤지를 당사자의 입을 통해 듣는 거예요."

과거의 일을 들추면 상대방을 탓하게 되고, 비판하거나 수치스럽게 만들 우려가 있어서 싫다고 말하는 사람도 있다. 어쨌든 다양한 이유로 사람들은 과거의 일을 다시 거론하기를 꺼려한다.

과거 문제를 다시 언급하려 할 때는 어떤 의도를 가지고 그러는지를 점검해야 한다. 만약 충분히 이야기를 나누고 서로에 대해 더 많이 이해하려는 의도라면 훨씬 더 만족스러운 결과를 얻게 될 것이다.

재닛은 남편 웬들과 시댁 식구에 관해 이야기를 나누었다. 이때 재닛은 먼저 자신의 의도를 분명히 밝혔다. 그리고 대화를 나누면서도 남편을 탓하거나 비난하지 않고 자신의 감정 상태를 솔직하게 전달해서 남편의 이해를 얻어냈다.

재닛 : 지난번에 시댁에 갔을 때 부모님이 내게 잘못하셨던 일에 대해 당신이랑 얘기를 하고 싶어.

웬들 : 지금 그 얘길 다시 꺼내는 이유가 뭐야? 다 지난 일이잖아. 할 말이 있으면 그때 했어야지. 이제 와서 뭐 어쩌자는 건데? 앞으로가 더 중요하니까 지난 일은 잊어버려.

재닛 : 물론 나도 앞으로가 중요하다고 생각해. 지금 하려는 이야기도 앞으로의 일과 관련 있어. 난 그때 일이 잊히지 않아. 지금도 여전히 신경 쓰인단 말이야. 부모님은 그때 나를 투명인간 취급하셨어. 난 정말 심하게 상처받았다고. 다 같이 있었을 때도 나는 아예 거들떠도 안 보셨다니까.

웬들 : 알고 있어. 하지만 지금 와서 그 얘길 해봤자 무슨 소용이야? 이미 지난 일이야. 과거는 이제 그만 덮자고.

재닛 : 그때 내가 대화에 낄 수 있게 더 노력했어야 해. 아니면 당신을 따로 불러서 날 도와달라고 조용히 부탁했어야 했어. 그러지 못한 건 내 잘못이야. 그러니까 앞으로 다시 그런 일이 없도록 노력하자는 얘기야. 그래서 방법을 생각해봤는데 그대로 하면 서로가 다 좋을 것 같아. 그러니까 당신이 내 생각을 들어주고, 이 문제를 함께 풀어나갔으면 좋겠어. 당신이 날 도와줬으면 해.

웬들 : 알았어. 그렇게 할게.

재닛 : 고마워. 우리가 서로 마음을 모은다는 건 내게 정말 중요한 일이야. 우리가 함께 노력하면 지난번 같은 일은 절대 일어나지 않을 거야.

　재닛을 힘들게 했던 일은 꽤 오래전 일이었다. 하지만 그 일을 해결하지 않고 그냥 넘어가버려서 심리적 아픔이 몇 달간 지속되었다. 깔끔하게 마무리 짓지 못한 일은 그대로 남아서 우리 삶의 질을 떨어뜨리고, 부부 금실에 금이 가게 만든다.

　재닛과 웬들의 대화에서도 지난 일을 그냥 덮으라고 강요하는 말이 나온다. 미리 위험을 차단하려고 하는 웬들의 심리를 짐작할 수 있다. 혹시라도 지난 일로 아내와 다툼이 생기지 않을까 염려하여 아예 그 가능성을 잘라버리려는 것이다. 하지만 재닛에게 그 문제는 해결이 되기 전까지 만성적 두통거리다.

　문젯거리를 끝까지 해결하지 않고 그대로 내버려두면 부부의 신뢰도가 추락하고, 서로에 대한 호의적인 마음도 퇴색한다. 재닛은 끝까지 기죽지 않고 이 문제가 중요하다는 것을 납득시켜 남편의 마음을 바꿔놓았다. 이 문제를 풀려면 남편의 전폭적인 도움이 필요했기 때문이다. 재닛은 고민거리를 내보일 때 남편을 비난하지 않도록 조심하면서 속마음을 털어놓았다. 그래서 남편의 이해를 얻어낼 수 있었다. 남편 역시 마음을 열고 이야기를 들어주었기 때문에 미완으로 남아 있던 문제를 확실하게 매듭지을 수 있었다. 결국 문젯거리는 서로에 대한 신뢰감을 높여주는 계기가 되었다.

웬들은 앞으로 부모님을 뵈러 갈 때 재닛이 부모님과의 대화에 자연스럽게 동참할 수 있도록 도와주기로 약속했다. 재닛 역시 대화에 낄 수 있도록 주체적으로 노력하겠다고 약속했다. 둘이서 마음을 모은 덕분에 다시 부모님을 뵈러 갔을 때에는 서로 기분 좋은 시간을 보낼 수 있었다.

지난 일로 인해 마음속에 앙금이 남아 있다면 시간이 많이 지났더라도 다시 끄집어내야 한다. 우리가 마음의 상처를 치유하고 서로에 대한 신뢰감을 회복하고자 노력한다면 이미 반은 해결된 셈이다. 부부 사이에 만들어진 틈이 아무리 오래된 일 때문이라도 책임을 지겠다는 태도로 다시 살펴보면 놀라운 성과를 낼 수 있다. 부부 사이를 예전 수준으로 되돌리는 정도에 그치지 않고, 서로에게 고마워하는 단계로까지 나아갈 수도 있다. 그런데도 당신은 계속 쭈뼛거리고만 있을 것인가?

부부 사이에는
무엇이든
공평하게
주고받아야 한다

경쟁 사회에서 우리는 서로 대가를 주고받는 관계를 맺으며 살아간다. 그래서 어떤 대가도 바라지 않고 마음과 시간을 쏟는 관계가 많지 않다. 대부분 상대하는 사람들에게 일정 수준의 대가를 바라면서 '투자'를 한다. 그러다 기대한 대가에 못 미치면 분통을 터뜨리기도 한다.

만약 당신이 부부 사이에서도 마치 사업에서 흥정하듯 군다면 큰코

다칠 일이 생길 수 있다. 부부간에는 공정함과 진실한 상호관계를 기대하기 마련인데, 마치 회계사 같은 태도로 부부생활을 꾸려나간다면 서로에 대한 불신과 의심만 키우게 된다. 그러다 결국 서로에 대한 신뢰감이 사라지면 심각한 일이 벌어질 수 있다.

레이니와 조던도 이런 문제로 곤경에 처했다. 하지만 그들은 나름의 현명한 해결책을 찾아냈다.

레이니 _ 신혼 초에 저는 우리 중 누가 무엇을 베풀어주었는지 꼼꼼하게 점수를 매겼어요. 부부 사이에는 무엇이든 서로 공평하게 주고받아야 한다고 생각했거든요. 그래서 "당신이 내게 이걸 해준다면 나는 당신에게 저걸 해줄게"라는 입장을 취했죠. 그럴 때마다 조던은 아주 질색을 했어요.

조던 _ 레이니가 그렇게 나올 때마다 정말 기분이 언짢았어요. 그래서 제 마음을 솔직하게 말했죠.

레이니 _ 저는 이렇게 점수 매기는 것을 관두면 왠지 한 사람만 일방적으로 베풀게 될 것 같았어요. 그러면 틀림없이 제가 손해를 볼 것 같았죠.

조던 _ 어느 날 우연히 서로에게 베푼 것들을 대차대조표처럼 작성해놓은 것을 보게 됐어요. 순간적으로 울화통이 치밀었어요. 그렇게 점수를 매기고 꼬치꼬치 따지다가는 우리 사이가 곧 깨질 것 같았어요. 정말 사이좋은 부부가 되려면 그런 계산은 없어야 한다고 생각했거든요. 그런데 레이니의 생각은 저랑 완전히 달랐어요. 우리는 이 문제를 놓고 한동안 힘겨루기를 했어요. 서로 조금도 양보하지 않았죠. 그때 얼마나 힘들었는지 몰라요.

레이니 _ 그때 남편과 오랫동안 대화를 나누었어요. 그리고 제 생각이 조던에게는 너무 가혹했다는 것을 알게 되었죠. 하지만 당시에는 친정아빠가 엄마에게 그랬듯이, 그 누구라도 저를 이용해먹는 일은 없어야 한다고 생각했어요.

조던 _ 당시에 저는 레이니에게 반대 의견을 말할 때 어느 정도까지 맞설지 나름의 한계를 정했어요. 무엇보다 대화를 통해 서로의 입장을 조율하려고 노력했어요. 그러다 보니 서로 조금씩 변했고, 정말로 좋은 결과를 얻어냈죠. 그러기까지 몇 개월이 걸렸지만 그 덕에 서로에 대한 애정이 다시 샘솟게 되었어요.

레이니 _ 저는 우려했던 것과 딴판인 결과가 나와서 많이 놀랐어요. 조던이 예전보다 훨씬 더 너그러워졌거든요.

조던과 레이니는 입장이 아주 많이 달랐지만 대화를 끊임없이 나누면서 서로에 대해 탐색했다. 그리고 마침내 둘은 각자의 관심이 자신보다 서로에게 향해 있음을 알게 되었다. 조던이 레이니에게 맞서려면 그녀를 화나게 만드는 위험을 감수해야 했다. 그런데 그것이 평소에 자신이 가장 싫어하는 일이란 것을 깨달았다. 레이니는 남편에 대한 우려가 그의 행동 때문이 아니라 자신이 결혼 전에 가졌던 경험 때문이라는 것을 알게 되었다. 이제 그녀는 남편을 의심하지 않고 편안하게 대하려고 노력하고 있다.

서로에게 헌신하고 베푸는 부부야말로 진정한 배우자 관계라고 할 수 있다. 그러려면 부부간의 진실한 상호관계가 필요하다. 반면 서로가 얼마만큼 헌신했는지를 시시콜콜 따지는 것은 부부간의 신뢰를 떨어뜨리는 일이다. 물론 결혼을 해서 가정을 꾸리면 나름의 경제원칙이 있어야 한다. 누가 얼마만큼 벌고, 각자 부담해야 할 일이 무엇인지 등 부부가 합의해야 할 사항들이 생긴다. 그렇더라도 모든 일을 처리할 때 거래처 대하듯 계산적인 태도를 취하면 뭔가 조종당하는 느낌이 들 수밖에 없다.

그리고 부부가 늘 서로에게 베풀며 지내다가 중단하면 양쪽 다 마음이 힘들어진다. 배우자에게 상처받았다고 느끼고, 박탈감이 생길 수 있다. 부부 문제 전문가 존 가트맨^{John Gottman}은 이런 상황에 처하면 4대 재앙, 즉 비난, 방어, 경멸, 의사방해라는 난관에 봉착하게 된다고 했다. 이 재앙들을 바로잡지 않는다면 결국 걷잡을 수 없는 결과를 초래하고 말 것이다.

결혼생활은 사업이 아니다. 물론 부부 사이도 하나의 관계인지라 일정 부분 대가가 오가는 측면이 있지만, 그것이 중요한 것으로 부각되지 않도록 주의해야 한다. 대신 서로를 더 너그럽게 품어주고 신뢰할 수 있도록 노력해야 한다. 부부가 서로에게 늘 베풀면 배우자가 필요로 하는 것을 잘 알 수 있고, 둘 다 행복해질 수 있다. 부부 사이에 오가는 사랑스러운 손길이나 작은 선물, 긍정적인 말, 상대를 배려하는 행동 등이 이에 큰 도움이 된다. 우리가 가장 큰 기쁨을 느끼는 순간은 자신이 원하는 것을 얻었을 때보다 배우자가 원하는 것을 해주고 기뻐하는 눈빛을 보았을 때이다.

마지막으로 레이니와 조던 부부를 만났을 때 조던의 얼굴에는 미소가 가득했다.

"요즘 우리 부부는 서로에게 고마운 마음을 가지고 있어요. 그래서 어떻게 하면 저 사람을 더 행복하게 해줄 수 있을까를 궁리하고 있답니다."

레이니 역시 편안하고 만족스러운 표정으로 말했다.

"처음에는 너무 막막하고 엄청난 일로 느껴졌어요. 하지만 막상 시도해보니까 예상했던 것보다 훨씬 더 좋은 결과를 얻게 되었어요."

순수한 마음으로 베풀면 주는 사람과 받는 사람 모두 혜택을 입게 된다. 이것이야말로 '진보적 이기주의'라 할 만하다. 마치 고용주가 고용인의 이익을 도모하면 결국 자기에게도 유익한 것과 같다. 부부 관계도 마찬가지다. 한쪽에서 순수한 마음으로 베풀어주면 받는 입장에서 저절로 고마운 마음이 들기 때문에 다시 고스란히 되돌려주게 된다. 결국 둘 다 혜택을 얻는 결과가 나온다.

내 이익을 따지지 않고 배우자에게 베푸는 것은 서로에 대한 신뢰가 쌓여야 가능한 일이다. 물론 내 쪽에서 노력한다고 상대방도 꼭 그러리라는 보장은 없다. 하지만 이 모험을 감행하는 것만으로도 충분한 가치가 있다.

사람은
절대로
바뀌지
않는다

사람은 바뀌지 않는다는 믿음의 배후에는 세상에 대한 부정적인 세계관이 깔려 있다. 이런 생각에 빠져 있는 사람들은 무기력하고 수동적이고 체념적인 경향이 있다. 살아가는 동안 큰 변화를 기대하지 않고, 변화란 것 자체가 아예 있을 수 없다고 말하기도 한다. 그래서 모험에 도전하지 않으며, 적극적인 자세로 변화를 주도하지도 않는다. 오히려 변화를 회피하는 삶을 살며, 그런 삶에 아무런 문제의식도 느끼지 않는다. 이런 잘못된 생각을 고수하는 것은 위험으로부터 자신을 원천적으로 차단시키려는 의도이다. 적극적이고 다양한 시도를 하는 삶은 위험이 따를 수밖에 없다. 그래서 그런 경험을 아예 봉쇄하려는 것이다.

사람의 외향성이나 내향성은 타고난 인성적 요소이기 때문에 사는 동안 크게 바뀌지 않을 수도 있다. 하지만 우리에게는 이런 기질에 영향력을 행사할 수 있는 의지력이 있다. 타고난 천성을 완전히 뜯어고칠 수는 없지만, 우리가 긍정적으로 변화시키려고 노력하면 우리의 일부로 자리 잡게 만들 수 있다.

결혼생활도 마찬가지다. 우리에게 익숙한 습관들을 변화시키기는 쉽지 않은 일이다. 하지만 분명히 가능한 일이기도 하다. 이 가능성을 믿으려면 우리의 현재 모습에 대한 이런저런 변명을 중단해야 한다. 그래야 확실한 변화의 과정을 밟아나갈 수 있다. 내면의 동기 혹은 뭔가에 대한 강렬한 욕구는 이런 변모의 과정에서 가장 결정적 요소이다. 내면의 동기가 클수록 긍정적 변화가 일어날 가능성이 커지고, 약할수록 성공을 기대하기 힘들어진다.

변화를 위해 시간과 에너지를 쏟는 것이 어떤 가치를 지니고, 어떤 혜택을 얻게 되는지를 인식하면 변화의 성공 가능성이 커진다. 따라서 우리는 이런 질문을 해볼 필요가 있다.

"변화를 통해 내가 거둘 수 있는 이득은 무엇인가?"

변화가 자신에게 유리한지 아닌지를 따지려면 우리의 욕구가 해소되고 우리의 희망사항이 현실에서 이루어지느냐를 검토하면 된다. 그런데 개인적인 이기심에서 변화를 시도했을 때 별 효과를 보지 못했다면, 그때는 다른 수단을 찾아야 한다. 진보적 이기주의란 내 행동에 변화를 주어서 주위 사람들의 삶에 도움이 되도록 했더니 내 삶의 질도 동시에 향상된다는 인식이다. 이것을 결혼생활에 변화를 주는 새로운 동기로 삼아보면 어떨까? 결혼생활에서 단순히 자신의 이익을 챙기는 이기적인 태도에서 벗어나, 배우자와 자신을 동시에 위하는 진보적 이기주의를 실천하자는 말이다.

부부 사이가 그다지 좋지 않은 사람들을 보면 자신이 평소에 고집하는 것을 행동으로 그대로 보여주는 경향이 있다. 그들은 대체로 두 가지 노선 중 하나를 취한다. 하나는 문제를 회피하는 노선이다. 이 노선을 취하는 사람들은 안전제일주의를 표방하고, 관계에 적극적으로 개입하지 않는다. 또 하나는 문제를 장악하는 노선이다. 이 노선을 취하는 사람들은 분노나 공격, 협박, 무시무시한 최후통첩 등의 표현을 총동원하여 배우자를 좌지우지하려 든다. 예를 들면, 배우자를 벌주겠다는 의도로 말문을 닫아버리거나, 배우자에게 비난의 말을 쏟아내거나, 사사건건 명령조로 말하면서 배우자 위에 군림하려 든다.

이 두 가지 노선을 걷는 사람들의 공통점이 있다. 그것은 약간의 변화만 있어도 자신이 원치 않는 결과가 빚어질 수 있다고 우려하여 변화를 거부한다는 점이다. 또한, 변화가 생기더라도 자신에게 좋은 변화는 없고, 더 나쁘게 바뀔 것이라고 생각한다.

우리 안에 고착화된 부정적 행동패턴이 삶에 어떤 악영향을 끼치는지를 인식하면 변화에 대한 열망이 커진다. 문제를 회피하려는 행동패턴을 차단하면 부부 사이에 진정한 의사소통의 가능성이 열린다. 고착화된 나쁜 행동들 중 어느 하나를 차단하면 부정적인 행동패턴을 와해시키는 효과가 있다. 그러면 긍정적인 변화가 연이어 일어날 가능성이 커진다. 부부가 합심하여 새로운 행동패턴을 시도하면 도저히 개선의 여지가 없다고 판단했던 관계조차 놀라운 변화를 이루게 된다.

여기에 주변 사람들의 도움까지 함께하면 긍정적인 변화를 이끌어내는 행동패턴을 실천하기가 쉬워진다. 이렇게 하나씩 변화가 이루어지면 더욱더 노력해야겠다는 다짐을 하게 되고, 결국점점 더 큰 변화를 소망하게 된다. 마침내 이런 소소한 변화들이모여서 커다란 변화를 이뤄낼 것이다.

천생연분을
만났으니
결혼생활이
순탄할 것이다

연인의 사랑에는 운이 상당한 작용을 할 수 있고, 또 실제로 그러하다. 예를 들어, 당신의 차가 고장 났는데, 어떤 남자가 갓길에 차를 세우고 당신을 도우려 한다고 치자. 그런데 이 남자가 최근에 애인과 막 결별한 처지라면 어떨까? 혹은 당신이 비행기에 탑승하려고 기다리는 중에 매력 넘치는 남자에게 시선이 갔다고 하자. 이후 당신이 비행기에 올랐는데 옆 좌석에 바로 그 남자가 앉아 있다면 어떨까?

특별한 사람과의 만남에 운이 큰 작용을 하기도 하지만, 운 하나만 가지고 큰 덕을 보기는 어렵다. 특히 부부 관계에서는 더욱 그렇다. 훌륭한 배우자 관계는 사랑과 열정, 신뢰, 후원, 존중, 재미, 만족스러운 성생활 등의 여러 요소들이 두루 어우러져 만들어진다. 서로에게 완전히 빠져드는 사랑의 첫 단계를 거친 후에는 부부간의 깊은 유대관계가 필요하다. 그래야 둘 사이에 벌어져 있는 틈을 메우고 오랫동안 연결될 수 있다. 그런데 이것은 행운만으로는 안 되고, 앞서 언급한 여러 요소들을 만족시키는 노력이 요구된다.

우리는 대단한 행운으로 천생연분을 만나게 되었을 때, 이런 엄청난 행운이 앞으로도 계속될 것이라고 착각하기 쉽다. 이런 착각을 사실로 믿는 사람은 사랑과 결혼이라는 인생의 중대사가 자기 뜻대로 이루어졌으니 이제 더 이상 신경 쓸 필요가 없다고 생각한다. 그래서 앞으로도 결혼생활이 순탄하게 흘러갈 것이라고 믿고, 더 이상 어떤 노력도 하지 않는 치명적인 실수를 범하게 된다.

그야말로 엄청난 실수를 저지르는 것이다. 운에 의존하는 태도는 우리에게 엄청난 실망감을 안겨줄 뿐이다. 때때로 천생연분인 부부를 만나면 부러움이 생긴다. 단순히 그들의 겉모습만 보고 천생연분이려니 생각하는 경우가 있다. 그런데 알고 보면 그들이 행복한 결혼생활을 하기까지 상당한 노력이 있었거나, 아직도 서로에 대한 열정적 사랑의 기운이 가시지 않아서일 가능성이 크다. 그만큼 겉모습과 진짜 모습이 다른 경우가 많다.

배우자와 좋은 관계를 유지하려면 여느 인간관계와 크게 다르지 않은 과정을 거쳐야 한다. 보통은 강한 욕망과 심적 동기, 희생정신, 아낌없는 후원, 관계를 최우선으로 생각하는 마음가짐 등이 필요하다. 여기에 인내심과 끈기가 더해지면 더욱 훌륭한 관계로 나아갈 수 있다. 이러한 노력을 기울이면 우리에게 그만한 혜택이 주어진다. 이런 혜택은 관계의 초기 단계에서부터 확실하게 맛볼 수 있다. 즉 유대감과 친밀감을 발휘하는 능력, 높아진 신뢰감, 갈등 해소의 능력, 삶에 대한 만족감과 깊어진 행복감 등을 얻을 수 있다. 이 혜택은 부부 사이에만 작용하는 게 아니라 우리가 맺는 모든 인간관계에 속속들이 스며든다.

물론 내가 누릴 수 있는 최대한의 운을 고마운 마음으로 누리며 사는 것이 좋다. 하지만 이런 운은 내 마음대로 할 수 있는 영역이 아니다. 그러므로 단지 운에 모든 것을 맡기지 않도록 조심해야 한다. 세상에는 내가 뜻하는 대로 노력해서 이뤄낼 수 있는 것들도 많다. 예컨대 내가 한 약속 지키기, 최선을 다해 노력하기, 내가 진심으로 믿는 덕목을 지키며 살기, 내가 한 말을 꼭 행동으로 옮기기 등이다.

이런 것들을 실천하는 데 합류해보자. 무엇보다 당신이 배우자를 위해 열과 성을 다할수록 더욱더 많은 운이 당신을 따르게 될 것이다. 이건 절대 허황된 말이 아니다.

사랑한다면 기꺼이 희생해야 한다

조앤과 프랭크는 결혼한 지 20년이 넘었고, 자녀 셋을 두었다. 프랭크는 외교관이었고, 조앤은 남편을 내조하며 평범한 주부로 살았다. 그들은 세계 어디를 가든 금세 사람들과 친분을 쌓았고, 아주 열심히 살았다. 몇 년 후 미국에 돌아왔을 때 조앤은 대학원에 진학하고 싶어 했다. 그녀는 지방의 한 대학에 석사학위 과정에 등록하였고, 전액장학금도 지원받게 되었다.

그런데 학기가 시작되기 직전에 프랭크가 심장마비에 걸리고 말았다. 그는 다행히 위기를 넘겼지만, 조앤은 남편 옆에서 병수발을 들겠다고 말했다.

"여보, 걱정하지 마. 당신 옆에 내가 있을 거야. 대학원 진학은 마음이 바뀌었어. 지금 나한테 대학원은 아무 의미가 없어. 당신이 퇴원하더라도 옆에 있을 거야."

하지만 프랭크의 반응은 조앤의 예상과 달랐다. 애써 침대에서 몸을 일으킨 프랭크는 조앤을 설득했다.

"여보, 그러지 마. 당신은 이제부터 대학원 공부에 집중해. 꼭 그래야 해."

남편의 끈질긴 설득 끝에 조앤은 프랭크의 말을 따르기로 했다.

한 달 후에 프랭크는 병원에서 퇴원해 집에서 몸조리를 했고, 조앤은 대학원 공부를 시작했다. 이때를 기점으로 두 사람의 인생은 획기적으로 달라졌다. 프랭크는 그동안 고군분투했던 직장생활의 부담에서 벗어났고, 조앤은 드디어 하고 싶은 공부를 하게 되었다.

프랭크와 조앤의 모습은 훌륭한 부부 관계에서 볼 수 있는 중요한 측면을 보여준다. 두 사람은 서로를 아끼고 사랑하는 마음으로 자신의 소중한 일부분을 기꺼이 희생하려고 했다. 프랭크는 이제 자신이 아내를 도울 차례가 되었다고 생각했다. 그래서 아내가 꿈을 이루도록 진심으로 돕고 싶었다. 프랭크의 결심이 워낙 확고했기 때문에 지금까지 희생을 전담해왔던 조앤의 역할이 순식간에 프랭크에게로 넘어갈 수 있었다. 그들은 희생을 분담하면서 서로 대등해졌고, 결혼생활뿐만 아니라 각자 삶의 질도 높아졌다.

부부 관계가 성숙해지기 위해서는 때때로 이와 같이 전격적인 변화가 필요하다. 그러면 결혼생활에서 더 많은 성취를 이뤄낼 수 있다. 조앤은 프랭크가 자신을 위해 희생했다고 생각했지만, 프랭크는 아내와 자신, 그리고 둘의 결혼생활을 위한 일종의 선물로 생각했다.

프랭크는 우리 부부에게 이렇게 말했다.

"여러 해 동안 조앤은 저를 내조하느라 바빴어요. 지금까지 받기만 해서 미안했는데 조금이라도 갚을 수 있다면 감사한 일이라고 생각했어요."

배우자의 삶이 행복해지도록 헌신하는 것은 부부가 서로를 향해 더 넓은 아량을 베풀 수 있게 한다. 이런 과정을 반복하면 두 사람은 스스로를 더 강하게 단련시켜서 결과적으로 서로의 삶을 더 풍요롭게 만든다.

금실이 돈독한 부부는 '내가 받기 위해서 베푼다'는 태도를 취하지 않는다. 오히려 마르지 않는 샘물처럼 자신의 관심과 지원을 배우자에게 쏟는다. 그러면서도 자신을 이타적이라거나 자상한 사람이라고 평가하지 않는다. 단지 배우자에게 관심을 기울여야겠다고 생각하기 때문에 실천할 뿐이다. 그들은 배우자에게 정성을 쏟을 때 자기 삶의 질이 더 향상된다고 믿는다. 그래서 순수한 마음으로 상대에게 베푸는 '진보적 이기주의'를 실천하는 것이다.

배우자가 원하는 것을 들어주는 것이 가장 중요한 일이라고 생각하는 부부는 자신이 개인적으로 좋아하는 것들을 덜 중요시한다. 그래도 자신이 희생했다는 생각은 하지 않는다. 부부가 함께하는 삶이 가장 바라는 일이라고 생각하기 때문에 자신이 하고 싶은 일은 후순위로 밀어놓는 것이다.

물론 누구나 개인적으로 선호하는 것은 있게 마련이다. 하지만 어디까지나 선호의 대상일 뿐이므로 그것을 이루기 위해 시각을 다툴 필요는 없다. 따라서 부부가 이리저리 재고 따지면서 서로의 활약에 '점수'를 매길 필요도 없다. 그저 자유롭게 서로 행복한 삶을 함께 만들어나가는 데 정진하면 된다.

진보적 이기주의는 진정한 사랑에서 비롯되기 때문에 상호의

존성과는 다르다. 서로 의지하는 관계에서는 부부 중 어느 한쪽의 기세가 배우자에게 뻗치게 되어, 결국 군림하는 위치에 서게 된다. 그러면 배우자는 이런 일을 고스란히 감내하며 비위를 맞추려 애쓰게 된다. 그렇지 않으면 불쾌한 파장이 생길지 모른다고 우려하기 때문이다. 부부는 우려나 두려움이 아니라 사랑이 있을 때 서로에게 관대해진다. 이런 관대함도 진보적 이기주의와 맥락을 같이한다.

한편, 진보적 이기주의에도 부정적인 측면이 있다. 배우자가 고통이나 슬픔, 실망에 사로잡히게 되면 그 영향을 고스란히 받기 때문에 똑같이 타격을 입는다는 점이다. 따라서 진보적 이기주의의 노선을 취하다 보면 양면성을 한꺼번에 느낄 수밖에 없다. 부부는 이렇듯 동고동락하면서 인생의 단맛과 쓴맛을 공유하는 사이다.

배우자가 바라는 것과 우리가 바라는 것을 똑같은 비중으로 다룰 수 있다면 진보적 이기주의에 도달했다고 볼 수 있다. 진보적 이기주의는 반드시 배우자와의 관계에만 국한되는 것이 아니다. 우리 삶에서 인연을 맺는 모든 사람과의 관계에서 다 통할 수 있다. 다른 사람과의 관계에서 진보적 이기주의가 된다면 우리 삶은 훨씬 더 근사해질 것이다.

놀이는
아이들의
전유물이다

●◇×××××

부부 관계가 좋아지려면 상당한
노력이 필요하다. 그런데 노력 못
지않게 중요한 것이 바로 '놀이'이
다. 이해가 안 된다고 반응하는 사
람들은 평소에 부부란 그다지 재
미있는 관계가 아니라고 생각하기
때문이다. 물론 사람 사이의 관계
에 언제나 재미가 넘칠 수는 없다.
하지만 분명한 사실은 놀이가 부
부의 금실을 돈독히 하는 데 꼭 필
요한 요소라는 것이다.

부부가 놀이를 하다 보면 때때로 지금의 배우자를 결혼 전에 왜 배우자감으로 선택했는지 그 이유를 되짚어보게 된다. 또한, 부부에게 트러블이 생겨 관계 개선이 필요할 때 놀이를 하다 보면 좀 더 노력해야겠다고 각오를 다지게 된다. 이는 새내기 부부에게도, 수십 년을 함께 산 부부에게도 해당된다.

성인이 된 지 한참 지나면 논다는 것이 멋쩍어진다. 하지만 나이 먹었으니 그만 놀아야 한다는 법은 없다. 캘리포니아 '미국 놀이연구소'의 설립자 스튜어트 브라운Stuart Brown은 《놀이: 두뇌와 상상력, 영혼을 위한 보물Play: How It Shapes the Brain, Opens the Imagination, and Invigorates the Soul》이라는 책에서 놀이가 인간 본성의 고유한 특성이며, 연령의 고하를 막론하고 균형 잡힌 삶과 인간관계를 영위하는 데 필수적인 요소라고 하였다.

브라운이 정의한 바에 따르면 놀이는 남의 이목을 끌어보려는 수단이 아니라 단순히 재미를 얻고자 시도하는 활동이다. 놀이를 할 때 우리는 기분이 좋고, 재미를 느끼고, 흥분을 하기도 한다. 놀이에 열중하면 정신은 각성 상태가 되고, 자의식은 줄어든다. 색다른 방식의 놀이를 통해 우리는 창의성과 가능성, 자발성, 뜻밖의 기쁨 등을 드높일 수 있다.

부부생활에 거는 기대와 요구가 너무 많아 그 무게를 감당하기 힘들어지면 부부 사이의 유연성은 실종되고 만다. 이런저런 제약이 많아져서 부부생활이 심란해질 때 놀이가 그 해독제 역할을 할 수 있다. 때때로 우리는 엄격한 규율을 따라야 하고, 사람들의 기분을 맞추며 편의를 도모해야 하고, 시간을 허비하지 않고 잘 활용해야 한다는 중압감 때문에 힘들어한다. 가끔은 배우자에게 뭐 하나 제대로 해준 것이 없다며 괜한 죄책감에 시달리기도 한다. 이와 같이 대인관계나 사회생활에서 비롯된 기대의 무게가 버겁다고 느낄 때, 놀이활동은 일종의 해방구 역할을 한다.

우리가 놀이활동 자체를 보상으로 여기는 것만으로도 놀이의 존재 이유는 명백해진다. 여느 동물들과 마찬가지로 인간은 태어나는 그 순간부터 놀이활동을 한다. 놀이는 아이들의 전유물이 아니라 어른인 우리에게도 필요하다.

놀이활동의 걸림돌로 금전과 시간 부족을 얘기하지만 실상은 그렇지 않다. 우리가 짊어지는 이런저런 책무들과 연령, 신체조건 등도 우리의 놀이활동을 가로막지 못한다. 어떤 상황에서도 우리는 놀이를 즐길 수 있다.

그런데도 잘 놀지 못하는 이유는 무엇일까? 문제는 주변 요소가 아니라 바로 우리 마음에 있다. 어른으로 살아간다는 것이 결코 녹록지 않다는 생각이 그 원인이다.

우리가 잘 놀아보려고 느긋하게 마음먹기 위해서는 잠시 바보가 될 필요가 있다. 어딘가 모자라는 듯하면서, 심지어 무책임해 보여도 상관없다는 각오가 필요하다. 가끔은 "나잇값을 못한다"는 핀잔을 들을 위험도 감수해야 한다. 사실 그런 지적을 다른 각도에서 해석하면 "정말 재미나게 잘 노네!"란 뜻이다.

대다수의 사람들은 혹시나 배우자가 자신을 부정적으로 판단할까 봐 평소보다 가볍게 행동하지 못하는 경향이 있다. 놀이를 즐긴다고 해서 우리가 현실의 여러 문제와 복잡한 일들을 회피하는 것은 아니다. 오히려 장난기가 없던 예전의 관계보다 장난기를 보탠 새 부부 관계에서 서로의 존재를 더 중요하게 느끼고, 서로에 대한 책임감을 키울 수 있다.

많은 사람들이 청소년기에 머물러 있고 싶어한다. 자신을 성인이라고 인정하면 그때부터 성인으로서 짊어져야 할 책임과 스트레스를 받게 되기 때문에, 그 시간을 조금이라도 늦추고 싶은 것이다. 이와 달리 우리는 어른임을 인정하면서도 삶을 즐겁게 살기 위해 아이처럼 놀이를 즐기고 재미를 찾자는 것이다.

놀이는 혼자보다는 둘 이상이 함께해야 제맛이다. 또한, 놀이의 기본 취지는 재미를 느끼는 데 있다. 따라서 어떤 일이든 그냥

해치우지 말고 놀이를 적용해 하나의 특별한 경험으로 만들어야 한다. 예컨대 춤, 설거지, 청소, 산책, 요리 등의 일을 놀이처럼 색다르게 적용해보면 훨씬 재미있어진다. 이처럼 놀이의 취지와 목적을 우리 삶에 접목시키면 일과 놀이의 경계가 상당히 불분명해진다. 이것은 우리가 두 손 들어 환영할 일이다.

놀이 요소를 일상생활에 보탤 기회를 찾다 보면 굳이 새로운 일들을 추가할 필요가 없다는 것을 깨닫게 된다. 기존에 하던 일들에 놀이의 태도만 더하면 되기 때문이다. 놀이를 추가하면 일상에서 즐길 것들이 마구 늘어나는데, 이것은 일종의 유쾌한 '부산물'인 셈이다. 부부 사이에 금이 가는 주된 원인인 스트레스 요소는 놀이활동 속에서 금세 해소될 수 있다. 그래서 놀이활동에 전념하면 배우자와의 관계도 유연해지고 튼실해진다.

당신이 그다지 '노는 타입'이 아니라면 생각을 바꾸어야 한다. 아무리 근엄한 사람이라도 마음만 먹으면 놀이를 즐길 수 있다. 딱 보기에 철없어 보이거나 책임감이 모자라 보이는 친구들과 어울리는 시간을 가져보자. 그들에게서 분명 배울 점이 있을 것이다. 물론 당신도 그들에게 도움을 주게 될 것이다.

소설가 톰 로빈스^{Tom Robbins}는 《딱따구리 씨와의 고요한 삶^{Still Life With Woodpecker}》에서 "행복한 유년 시절을 누리기에 늦은 때란 없다"

라고 하였다. 당신이 몇 살이든 상관없이 지금 당장 재미있는 놀

잇거리를 찾아보기 바란다.

우리가
이혼하는 일은
절대로
없을 것이다

●◇◇◇◇◇

부부 사이의 위기는 힘든 고비가
생겼을 때보다 오히려 별일 없을
때 닥치는 경우가 많다. 어려운 문
제가 생겼을 때는 서로에게 더 신
경을 쓰고, 어떡하든 다시 정상으로
돌아오게 하려고 노력한다. 어떤 조
치든 취해야 한다는 것을 확실하게
깨닫기 때문이다. 그런데 별일 없을
때는 서로에게 큰 관심을 두지 않
는다. 별문제가 없다고 생각하기 때
문이다. 하지만 부부 관계는 사이가

좋든 나쁘든 계속 신경을 쓰고, 유심히 살펴야 한다.

매사가 순조로울 때 우리는 앞으로도 그럴 거라고 생각하는 경향이 있다. 당연히 부부 사이도 그럴 거라고 믿는다. 그래서 한시름 놓고 부부생활의 항로를 '자동항법장치'에 맡겨버리고 주의를 기울이지 않게 된다. 이런 태도 때문에 엄청난 타격을 입는 부부들이 의외로 많다. 주로 극적인 사건이 터져서가 아니라 서로에 대한 마음이 서서히 멀어지고 권태기에 빠져 이혼에 이르는 경우가 많다.

어떤 결혼도 지금 당장 더할 나위 없이 순항 중이라 해서 이혼할 가능성이 전혀 없는 것은 아니다. 그런데도 당신의 결혼생활은 안전할 것이라고 믿고 있다면 빨리 착각에서 벗어나야 한다. 더욱이 당신과 배우자가 서로 신경을 끄다시피 하며 살고 있다면 위험천만한 상태라 할 수 있다.

세상에서 둘째가라면 서러운 금실 좋은 부부도 살다 보면 여러 가지 함정에 놓일 수 있다. 사실이 이럴진대, 착각 속에서 혼자 만족하고 있다가는 큰코다치기 십상이다. 지금 당장은 부부 금실에 문제가 없다 해도 언젠가는 변할 수 있으니, 정신 바짝 차리고 결혼생활에 지속적으로 관심과 정성을 쏟아야 한다.

상담을 하러 온 부부들 중에는 배우자가 결혼생활이 불행하다고 얘기하거나, 부부의 인연을 끊고 싶다고 털어놓는 바람에 너무나 기막힌 심정이라고 말하는 경우가 많았다. 그들은 아무 준비도 안 되어 있는 상황에서 급소를 찔린 것처럼 엄청난 충격을 받았다. 그 부부들의 이야기를 들어보면 그때까지 서로에게 신경을 쓰지 않고, 대충대충 넘어가며 산 경우가 많았다. 큰 문제가 없어서 서로에게 신경 쓸 필요가 없었다는 것이다. 이렇듯 부부관계가 '자동항법장치'에 의존한 채로 유지되면 안 된다.

부부는 지속적으로 아량과 자비심을 베풀고, 정직하고, 친절하며, 배려해야 하는 사이다. 그래야만 서로가 원하는 바를 더 잘 이룰 수 있고, 기쁨을 나누며 함께 살 수 있다. 부부가 현재 상태에 만족하다 보면 오히려 독으로 작용해 서로에게 지속적으로 노력할 필요성을 느끼지 못한다.

만사가 순조롭게 흘러가는 것은 멋지고 고마운 일이다. 그렇다고 해도 지금의 행복한 결혼생활을 위해 기울였던 노력을 중단해서는 안 된다. 지금 당신의 순탄한 결혼생활이 영원히 계속될 것이라고 착각하지 마라. 부부 사이의 금실을 유지하기 위해서는 당신의 '숙제'를 늘 열심히 해내야 한다. 그래야만 순조로운 결혼생활을 이어갈 수 있다.

부부 금실은
공들여서
얻는 게 아니다

부부 금실을 위해 굳이 힘들게 노력할 필요가 있느냐고 말하는 사람들이 상당히 많다. 그렇다. 부부 사이는 노력만 쏟아붓는다고 될 일이 아니다. 우리가 평소에 맞닥뜨리고 싶지 않거나 거부하고 싶은 감정들, 예컨대 무기력감, 분노, 혼란, 수치, 좌절감, 두려움, 절망감, 외로움 등을 다 감내하려는 각오가 필요하다. 아무리 서로에게 헌신적인 부부 사이라도 각자의 외로움에서 완전히 벗어날 수는 없기 때문에 외로움도 각오하는 게 맞다.

하지만 그렇게 많은 노력이 필요한 기간이나 상황이 영원히 계속되지는 않는다. 때가 되면 이런 일들은 모두 사라지기 때문에 힘들게 노력해야 하는 기간은 일시적이다. 흔히 하는 말로 "이 또한 지나가리라"가 맞다는 말이다. 게다가 부부 문제 해결을 통한 관계 재구축 과정에서 예전보다 좀 더 노련해지고 경험을 쌓다 보면, 그리고 이런 관계 회복에 반드시 필요한 기술을 터득하고 나면, 힘든 일들은 그야말로 다 지나가고 없어진다.

이렇게 되기 위해서는 우리가 연마해야 하는 것들이 있다. 배우자의 말을 성의껏 들어주기, 배우자를 통제하려는 마음에서 벗어나기, 배우자에게 마음을 열기, 변화하고 싶지 않은 마음을 다스리기, 솔직해지기, 자신이 할 도리는 제대로 하기 등을 다 터득해야 한다. 이런 일들을 깨우칠 때까지는 상당한 노력이 필요하다. 경우에 따라 감당하기 버거울 때도 있을 것이다. 부부 사이를 개선하기 위해 평생을 다 바쳐야 한다고 생각하면 노력하려는 마음이 싹 사라지는 것도 어찌 보면 당연하다.

그래서 많은 사람들은 부부 사이를 유지하는 데 이 정도까지 힘들어서는 안 된다고 생각한다. 사실 맞는 말이다. 부부 사이가 끝도 없이 힘들기만 해서는 안 된다. 그리고 사실 그 정도까지 힘들지는 않다. 많은 부부들이 알고 있겠지만, 힘들게 노력하고 나면 전에는 상상도 하지 못했던 훌륭한 부부생활이 보상으로 주어진다. 린다와 나는 《위대한 결혼의 비결 Secrets of Great Marriages》이라는 책을 쓰며 그것을 발견했다. 대부분의 부부들은 어느 한 고비를 무사히 잘 넘기고 나면 그 후에는 부부 사이를 유지하는 데 쏟는 에너지와 노력이 덜 필요하게 된다. 게다가 이 단계에 이르면 부부 사이를 돈독하게 하기 위해 이런저런 노력을 하면서도 전혀 수고롭게 느끼지 않는다. 어떤 보상이나 혜택을 바라지 않고 순수하게 노력하고 싶은 마음이 불쑥 솟아나기 때문이다. 이쯤 되면 서로에 대한 감사의 마음으로 충만해지는 단계에 도달하게 된다.

이런 이야기를 하면 많은 사람들이 너무 현실성이 떨어진다고 말한다. 일종의 극단적인 낙관주의라며 비웃기도 한다. 하지만 배우자와의 관계를 지고지순한 단계로까지 발전시킨 사람은 이 말이 옳다는 것을 안다. 그리고 반드시 현실에서 이루어질 수 있다고 말해줄 것이다.

신뢰와 끈기, 그리고 정성을 다해 노력하면 그 어떤 부부라도 위대한 동반자 관계에 수여하는 '금메달'을 딸 수 있다. 이때 끈기란 어떤 어려움을 겪게 되더라도 끝까지 노력하는 태도를 뜻한다. 또, 신뢰란 비록 끝이 어디인지 보이지 않더라도 어두운 터널

어딘가에 끝이 있을 것이라는 확신에 찬 믿음을 가리킨다.

예컨대, 새로운 악기나 외국어, 운동을 배우려면 지식과 근면성, 연습이 필요하다. 부부 사이가 더 나아지는 데 필요한 기술을 익히는 것도 크게 다르지 않다.

우리는 대개 어떤 사람에게 사랑과 애정을 느끼면 그때부터 그와의 관계가 자연스레 좋아질 거라고 믿는다. 물론 그럴 수도 있지만, 예전에 갖고 있던 서툰 기술들을 사용하는 바람에 좋은 관계로 나아가지 못할 수도 있다. 누군가를 덮어놓고 사랑한다고 해서 서로가 더 행복한 미래를 맞이하는 것은 아니다. 그런 관계로 만들어가기 위해서는 여러 가지 방법들이 필요하다. 우리에게는 그 모든 방법을 시도해볼 수 있는 역량이 있다.

이러한 방법들을 시도하는 데 들어가는 시간과 그 효과를 얼마만큼 기대할 것인지는 좋은 관계를 지속하는 데 필요한 요소들을 제대로 배우겠다는 각오에 달려 있다. 학습의 주된 내용에는 솔직해지기, 배우자에게 집착하지 않기, 기뻐하기, 수용하기, 책임지기, 헌신하기, 배우자의 입장에 공감하기, 성실하기, 감사하기, 용기 내기 등이 포함된다. 훌륭한 배우자 관계에 필요한 기술을 만들어가다 보면 과거에 가지고 있던 방어적 태도는 열린 마음과 포용적인 태도로 대체되어 노력하는 과정이 훨씬 더 수월해질 것이다. 뚜렷하게 효과가 나타나는 일들부터 먼저 시작하고, 더 이상 도움이 되지 않는 습관은 버리게 될 것이다. 물론 이 모든 일에는 꽤 많은 시간이 걸리고, 과정도 더디게 진행될 것이다. 그럼에도 불구하고 포기하지 않고 끝까지 해낸다면 우리의 부부 관계는 상상을 넘어서는 단계에 이를 것이다.

epilogue

앞으로도 행복하게 잘 살고 싶은
우리 모두를 위하여!

사랑하는 사람과의 관계가 충만해지기 위해서는 진실과 선입견을 구별하는 능력이 반드시 필요하다. 그리고 이것 못지않게 중요한 것이 경험자들에게서 많은 조언을 얻는 일이다. 배우자와의 관계에서 힘든 일을 겪어냈거나 지금 고통을 겪고 있는 사람들, 혹은 실수를 해서 구렁텅이에 빠졌다가 마침내 시련을 이겨내고 더 현명해진 사람들의 경험담을 많이 들어야 한다는 말이다.

요즘 부부들을 보면 자녀 양육과 경제적 안정, 사회적 압박 등의 이유로 배우자와 살고 있지만 진정한 동반자 관계로 나아가지 못하는 경우가 많다. 이런 때일수록 결혼생활을 통해 이루려는 목표가 무엇인지를 명확히 알아야 한다. 그것은 결혼한 두 사람의 자아실현을 이루고, 풍요롭고 행복한 삶을 이루어내며, 부부와 자녀 모두에게 의미 있는 연대감을 만들어내는 일일 것이다.

　20세기 이전의 결혼은 인종, 지역, 종교 등 서로 일체성을 갖는 집단들이 육체적이고 물질적인 것들을 이어나가기 위한 토대를 만드는 데 목적이 있었다. 오늘날에는 새로운 목적이 더 추가되었다. 결혼생활을 통해 삶의 의미와 이유를 찾고, 정서적 연대감을 형성하는 것이다.

　사람들은 흔히 자신과 꼭 맞는 천생연분, 열렬한 사랑, 폭넓은 교양과 지식, 안정적인 경제력을 갖춘 상태에서 노력만 제대로 한다면 서로에게 헌신하는 부부 관계를 이뤄낼 수 있다고 생각한다. 현실에서는 정말 녹록지 않은 일인데 그것을 간과한다.

　여태까지 맹신해온 사랑에 대한 잘못된 생각을 떨쳐내는 일은 고통스러운 작업이다. 그동안 진실이라고 굳게 믿었던 여러 지침들이 틀렸음을 인정해야 하기 때문이다. 하지만 이런 깨달음이 있어야 우리가 꿈꾸는 것을 실현시킬 수 있는 '씨앗'이 확보된다. 그러려면 새로운 도전에 적극적으로 뛰어들어 '뭐든지 다 알고 있다'는 태도를 버리고 초심자의 마음으로 세상사를 바라보아야 한다.

　지금까지 사랑에 대한 잘못된 생각에 대하여 살펴보았다. 많은 사람들이 진실로 믿는다고 해서 다 진실이 아님을 알았을 것이다. 진실과 잘못된 생각을 분별하게 되면 무엇을 진실로 받아들이고, 좀 더 나은 결혼생활을 위해 어떤 것들을 지침으로 삼아야 하는지를 결정할 수 있다.

이 책을 마무리하며 몇 가지 중요한 사항을 짚어보려 한다. 이 것은 우리 부부가 지난 47년간 함께 살아오며 터득한 것이며, 또 한 우리에게 상담을 청해왔던 많은 부부들의 경험에서 우러나온 것이다.

♥ 우리는 종종 부부간의 유대관계에 아무 문제가 없는지를 점 검하는 시간이 필요하다.

♥ 잘못된 결혼생활의 선택지는 이대로 유지하거나 이혼하는 것만 있는 것은 아니다. 이보다 훌륭한 방법은 부부 관계에 서 내가 할 도리를 제대로 하는 것이다.

♥ 나의 도리를 제대로 하지 못하는 것은 내 잘못이나 부족한 점보다 배우자의 잘못이나 부족한 점이 더 빨리 눈에 들어 오기 때문이다.

♥ 돈독한 부부 관계를 만드는 일은 배우자가 자랐던 가정환경 이나 과거의 인간관계와 아무 상관이 없다.

♥ 금실 좋은 부부가 되기 위해서는 우리가 예상하는 것보다 훨씬 더 많은 시간과 노력, 용기, 열린 마음, 책임감 등이 필

요하다.

🌂 부부가 서로를 믿고 존중하는 마음을 가지기까지는 수년이 걸리지만, 이를 망치는 것은 한순간이다. 그러나 진심을 다해 노력한다면 깨진 신뢰감도 회복할 수 있다.

🌂 자녀에게 최고의 선물은 부부가 서로 사랑하며 살고 그 모습을 보여주는 것이다.

🌂 부부가 서로 다른 점을 인정하게 되면 그 차이를 도리어 고맙게 생각하는 마음이 생긴다.

🌂 손상된 부부 관계는 한 사람이 먼저 노력해도 되지만, 결국 배우자와 함께 적극적으로 나서야 회복 가능성이 커진다.

🌂 결혼생활의 파탄은 다툼보다 서로에 대한 무시와 회피에서 비롯될 때가 많다.

🌂 돈독한 부부 관계를 위해서는 배우자가 어떻게 나오든 다 받아주겠다는 열린 마음과 용기가 필요하다.

🌂 배우자가 당신 말을 듣게 하려면 고래고래 소리를 질러서는 안 된다. 먼저 배우자의 말을 다 들어준 다음에 조곤조곤 이야기하면 당신 말을 더 잘 들을 것이다.

🌂 부부가 진정한 동반자 관계를 맺으면 그 기쁨과 성취감은 상상 이상이다.

그들은 결혼해서
행복하게
잘 살았을까?

초판 1쇄 인쇄 2016년 8월 29일
초판 1쇄 발행 2016년 9월   2일

지은이   린다 블룸 & 찰리 블룸
옮긴이   김옥련
펴낸이   김옥희
펴낸곳   아주좋은날
기획편집   이미숙
교정교열   김미영
디자인   안은정
마케팅   양창우, 김혜경

출판등록 2004년 8월 5일 제16-3393호
주소   서울시 강남구 테헤란로 201, 501호
전화   (02) 557-2031
팩스   (02) 557-2032
홈페이지   www.appletreetales.com
블로그   http://blog.naver.com/appletales
페이스북   https://www.facebook.com/appletales
트위터   https://twitter.com/appletales1

ISBN 978-89-98482-97-8 03840

이 도서의 국립중앙도서관 출판시도서목록(CIP)은 서지정보유통지원시스템 홈페이지(http://seoji.nl.go.kr)와
국가자료공동목록시스템(http://www.nl.go.kr/kolisnet)에서 이용하실 수 있습니다.
(CIP제어번호 : CIP2016019549)

아주좋은날 은 애플트리태일즈의 경제·실용·아동 전문 브랜드입니다.